달콤한 알

학교와 학원을 성실하게 다니는 '청소년'은 문제없이 성장하는 듯 보입니다. 그러나 그들은 학생이기에 '학업과 입시'에 자신의 생활을 모두 바치고, 자녀이기에 '부모의 불화'에 누구보다 크게 상처를 받습니다. 보이지 않는 문제를 청소년은 항상 겪어 왔고, 지금도 겪고 있습니다. 《달콤한 알》은 청소년이기 때문에 겪게 되는 '입시 부정'과 '가정불화'를 다루고 있습니다. 문제 속에서 때로 청소년은 문제를 올바르게 해결하려고 노력하기보다 자신에게만 달콤한 쪽으로 발걸음을 재촉합니다. 그것이 다른 사람에게는 부당하게 보이지만 그 안에서도 청소년은 성장하고, 다시 올바른 방향으로 나아갈 길을 찾습니다. 《달콤한 알》이 '성장'이란 길 위에서 방황하는 청소년들에게 작은 위로라도 건넬 수 있기를 바랍니다.

소원라이트나우 02 _____ light now

바로 지금, 용기 내어 이야기하는 청소년들의 가려진 문제를 양지로 이끌어 냅니다.

소원라이트나우 02

달콤한 알

초판 1쇄 발행 | 2018년 7월 20일 **초판 4쇄 발행** | 2023년 04월 30일

글 | 한영미 표지 일러스트 | 최미경

펴낸이 | 이미순 **편집** | 전지애 **디자인** | 책마당
펴낸곳 | 소원나무
주소 | 경기도 파주시 회동길 37-20, 202호
전화 | 031-812-2552 팩스 | 070-7610-2367
등록 | 제 406-251002012000220호(2012.12.27)
카페 | https://cafe.naver.com/swnamu
블로그 | https://blog.naver.com/swnamupublishing
페이스북 | https://www.facebook.com/sowonnamu
인스타그램 | https://www.instagram.com/sowonnamu

ISBN 979-11-86531-79-2 44810
(세트) 979-11-86531-66-2 44800

ⓒ 한영미, 2018

이 도서의 국립중앙도서관 출판예정도서목록(CIP)은 서지정보유통지원시스템
홈페이지(http://seoji.nl.go.kr)와 국가자료공동목록시스템(http://www.nl.go.kr/kolisnet)
에서 이용하실 수 있습니다. (CIP제어번호: CIP2018016206)

✦ 학교도서관저널 추천도서

소원나무는 한 권의 책 속에 우리의 꿈과 희망을 소중하게, 정성스럽게, 웅숭깊게 담아냅니다.

달콤한 알

한영미 장편소설

/ 대입을 향한 입시생들의 은밀한 거래 /

소원나무 WishTree

일러두기

※ 《달콤한 알》은 한영미 작가의 청소년 장편소설입니다.
※ 《달콤한 알》의 뒷부분에는 작가 메시지가 담겨 있습니다.

차례

한영미

경기도 화성시 양감면에서 태어났고 대학에서 국어국문학을 공부했다. 2010년 눈높이 아동문학대전, 2011년 mbc창작동화대상, 2013년 아르코 창작기금을 수상했으며 줄곧 동화 작품을 써왔다. 한 십 년 동화를 쓰다 보니 내 동화를 읽어 준 어린 독자들이 어느 덧 중학생이 되고 고등학생이 되었다. 그래서 나도 독자들의 성장에 발 맞춰 이번에 《달콤한 알》이라는 청소년 소설을 발표한다. 그동안 쓴 작품으로는 《가족을 주문해 드립니다!》를 비롯하여 《동생을 반품해 드립니다!》, 《부메랑》, 《동지야, 가자!》, 《나는 슈갈이다!》, 《랩 나와라 뚝딱! 노래 나와라 뚝딱!》, 《나뭇잎 성의 성주》, 《팡팡 터지는 개그노트》, 《부엉이 방구통》, 《우리 빌라에는 이상한 사람들이 산다》 등이 있다.

독립 자금

무슨 정신으로 방에 들어왔는지 모르겠다. 방에 들어오자마자 창문을 열어 젖혔다. 따갑다 싶을 정도로 싸한 바람이 얼굴에 와 부딪혔다. 바람이 차갑다는 생각과 공기 방울이 따닥따닥 살갗에 부딪혀 터지는 것 같다는 생각 그리고 또…….

나는 가능하면 지금, 바로 지금에 집중하려고 애써 보았다. 하지만 애쓴 보람도 없이 찬바람은 몸의 열기를 식히면서 나를 현실로, 그야말로 지금 상황에 데려다 놓았다.

"방금 전에 내가 본 게 뭐지?"

언제였더라. 아주 오래전에, 그러니까 언니와 내가 초등학교 시절엔 일요일마다 뒷산으로 소풍을 갔다. 가기 싫다는 언니를 저 사람이 컵라면으로 꾀어 굳이 데리고 갔는데, 일단 산속에 들어가면 언니도 나도 좋다고 뛰어다녔다. 저 사람은 사진을 찍는다고 우리를 쫓아다녔고, 엄마는 싸 가지고 온 먹을거리를 펼쳐 놓았다. 엄마가 보온병에 담아 온 뜨거운 물을 컵라면에 부으면 우리는 돗자리로 와 라면이 익기를 기다렸다. 그때 저 사람이 그랬다. 우리 가족, 뒷산으로 소풍 올 때가 제일 행복하다고. 나는 깊이 생각할 것도 없이 나도, 하고 말했다. 엄마는 얼굴까지 붉히며 함박 웃었다. 언니는 컵라면 먹을 때만, 이라고 말해 모두를 한바탕 웃게 만들었다. 초등학교 시절에 내 그림의 단골은 바로 그 장면이었다. 그림 주제가 '우리 가족', '가장 행복한 순간', '소풍' 등 그 외 어떤 것이라도 모티프는 그 소풍에서 따왔다.

방금 전에 그 여자가 저 사람이랑 8년 된 사이라고 말했다. 8년 전이면 내가 초등학교 4학년 때다. 저 사람이 뒷산으로 가족 소풍 올 때가 제일 행복하다고 말했던 때랑 맞물린다. 그러면 우리 가족과 행복해하면서 동시에 그 여자랑 사랑을 나눴다는 말이다. 그것도 8년씩이나. 그 여자의 목소리가 자꾸만 머릿속에서 맴돌았다. 저랑 저 사람 8년 된 사이예요.

팔뚝에 소름이 오스스 돋아났다. 찬바람 때문인지 몸이 더 으슬으슬했다. 창문을 닫고 침대로 와 걸터앉았다. 불결하다는 생각 끝에 의심이 따라붙었다. 저 사람이 우리와 함께 산 이유가 기꺼운 마음이 아니라 단지 의무감 때문이었을지도 모른다. 생각이 거기에 미치자 자존심이 상했다. 저 사람이 다른 사람과 가족을 이루고 싶어 한다는 생각까지 왔을 때는 배신감도 들었다.

'이 집에서 떠나야겠어. 가능하면 빨리.'

떠나려면 당장 손에 쥔 돈이 있어야 한다. 지갑을 열어 볼까 하다가 그만두었다. 보나 마나 몇만 원 있을 것이고, 그 돈으로는 어디 가서 1박도 하기 빠듯할 것이다. 이럴 줄 알았으면 돈 좀 모아 둘걸. 한 달 용돈을 받으면 당연히 그 달에 다 써야 한다는 듯 남김없이 써 댔다. 세뱃돈이나 어쩌다 친척들을 만나면 받게 되는 돈은 모아둘 수도 있었는데. 누구더라, 어떤 애는 세뱃돈만 따로 저금하고 있는데 100만 원이 넘었다고 했다. 이제 와서 그런 기억을 떠올리면 뭐 하나.

얼마쯤 있어야 독립을 할 수 있을까. 먼저 방을 구할 돈과 생활비가 필요하다. 노트에 '방'이라고 쓰고 그 옆에 원룸이라고 썼다. 스마트폰으로 원룸을 검색해 보니, 보증금 천만 원에 월 40만 원. 보증금 천500만 원에 월 30만 원. 보증금만 천만 원대가 넘는 원룸은 전 재산이 10만 원도 안 되는 내가 넘볼 수 없는 방이다. '원룸'을 볼펜으로 찍찍 긋고 그 아래에 '고시원'이라고 썼다. 고시원은 보증금 없이 월 30만 원에 밥과 국이 준비되어 있고 라면과 계란도 비치되어 있단다. 그러니까 월 30만 원만 있으면 굶어 죽지는 않는다. 고시원, 동그라미.

앞으로 옷은 안 사도 될까? 겉옷은 잘 닳지 않으니 그 럭저럭 있는 걸 입으면 되겠지만 속옷과 양말은 좀 아닌 것 같다. 생각해 보니 몇 달에 한 번씩 엄마가 새로 갈아 주는 것 같다. 몇 달, 이 말이 마음에 안 든다. 아까는 몇 만 원이라더니. 그동안 뭐 하나 정확히 계산하지 않고 살 았구나, 하는 생각이 새삼 들었다. 아무튼 속옷을 구입해 야 한다면 가장 싼 걸로 두 세트를 사서 돌려 막기로 입 어야지. 속옷 한 세트에 얼마나 할까? 3만 원? 3만 원이 라고 치고 두 세트에 6만 원. 6만 원을 열두 달로 나누면 한 달에 5천 원꼴, 양말과 스타킹은 대략 한 달에 만 원으로 계산해 월세 30만 원에 합하면 31만5천 원.

혹시 아프면? 그동안 감기 말고는 앓아 본 적이 없으
니 갑자기 큰 병이 찾아올 리는 없겠지만 부실한 끼니로
영양 불균형을 초래하여 면역 체계에 이상이 생길지도
모를 일. 하지만 나는 열여덟 살, 인생에서 가장 혈기 왕
성할 나이에 설마 병이 쉽게 찾아올까. 일단 병원비는 패
스. 병원비는 건너뛴다 쳐도 생리대 비용은 꼭 계산에 넣
어야 한다. 한 팩에 얼마더라. 검색해 보니 가장 싼 것이
한 팩에 약 3천 원. 한 달에 세 팩 정도 쓴다고 계산하면
9천 원이다. 여기까지, 그야말로 기본 생활비만 계산해
도 32만4천 원이다. 계산을 하면 할수록 자신감이 뚝뚝
떨어진다.

더 큰 문제는 학교와 미술 학원이다. 수업료가 1분기
에 40여만 원, 급식비는 한 달에 7만 원쯤. 미술 학원비
는 얼마더라, 당장 내야 하는 겨울방학 특강비는 240만
원 가까이 되는 것 같은데……. 200만 원이 넘는 금액
앞에서 머릿속이 아득해졌다. 대략 240만 원이라 치고,
240만 원을 2개월로 나눠서 120만 원을 기본 생활비에
더하려는 순간, 지금 뭐 하나 하는 생각이 들었다.

그동안 이렇게 많은 돈을 저 사람한테 받아 살았던 거

다. 엄청난 금액 앞에서 어쩌지 못하는 내 자신을 보니 좌절감이 든다. 결국 돈 때문에 나는 저 사람으로부터 독립을 할 수 없단 말인가. 하지만 독립을 포기할 수는 없다. 독립을 포기한다는 것, 다시 말해 저항하지 않는다는 것은 그동안 고귀하게 키워 온 내 자존심을 버리는 일이다. 나는 종종 내 자존심을 계란 노른자에 빗대어 생각했는데, 그건 그렇게 동그란 것이다. 동글기가 세상 그 어느 것보다도 완벽한 것. 그동안 별일 없었던 내 완벽한 동그라미를 이지러지게 한 사람에 대한 저항을 게을리한다는 것을 나 스스로 용서할 수 없다.

하지만 지금 여건상 독립은 독립이되 반쪽짜리 독립을 하기로 타협한다. 반쪽짜리라도 가장 핵심적인 부분에서 독립을 이룬다면 나름대로 의미는 있을 것이다. 나는 다시 부지런히 계산에 들어갔다. 방을 얻어 나가는 것은 자금 사정상 불가능하니 당분간 이 집에 기거하고, 학교도 지금처럼 다니도록 한다. 돈이 없다는 이유 하나로 계산이 상당히 단출해졌다. 이것저것 타협하고 나니 계란 노른자에 빨대를 꽂고 빨아 먹는 기분이 들었다. 내 완벽한 동그라미가 쪼글쪼글해지기 전에 방어해야 할 뭔가가 필요했다.

미술 학원? 그래, 미술 학원만큼은 독립을 선언하는 바이다. 미술은 내 미래이다. 내 미래를 저 사람이 벌어 온 돈으로 사지 않으리라. 하지만 그 비싼 미술 학원비를 어떻게 마련할까.

'아르바이트?'

반짝 좋은 생각이 떠올랐다. 어쩌면 아르바이트를 멀리서 구할 필요가 없을지도 모른다. 얼마 전까지도 미술 학원에서 대학생 언니가 보조 강사로 일했다. 그 언니는 우리 학원 출신으로 원장님 제안을 받고 일하게 되었다고 했다. 유학 비용을 번다고 했던 것 같은데 하는 일이 별로 어렵지 않아 보였다. 수업 시간에 선생님 심부름을 하거나 돌아다니면서 학생들 그림을 봐주었다.

'나도 초등반이나 중등반에서 보조 강사를 할 수 있을 것 같은데……'

은근히 자신감이 꿈틀거렸다. 나는 자타 공인 미술 학원 간판스타다. 중학교 때부터 다닌 터줏대감이기도 하고, 수상 경력이 꽤 화려하여 학부모 상담 때 은근히 나를 광고로 사용하기도 하지 않는가. 게다가 한가희나 소자영 같은 아이들은 내가 데리고 온 거나 마찬가지다. 자랑 같지만 솔직히 우리 학교 출신들은 거의 내 이름을 듣고 우리 미술 학원에 접수했다고 해도 맞을 것이다. 물론 보조강사 같은 고급진 일만 하겠다는 것은 아니고, 청소 같은 허드렛일도 얼마든지 할 수 있다.

'일단 이메일을 보내 놓고 월요일쯤엔 원장님을 만나야겠어.'

원장님께 이메일을 보내고 침대에 누웠다. 어차피 잠은 오지 않겠지만 눈이라도 감고 피곤을 풀어야지. 시계는 새벽 1시를 가리켰다. 밤이 되니 전쟁과 같던 집도 잠잠해지긴 하는구나. 가능하면 밖에 나가고 싶지 않은데 목이 말랐다. 저 사람이 거실에서 자고 있을지도 모른다. 그 모습을 보고 싶지 않았다. 방에서 나가고 싶지 않다고 생각하면 할수록 목이 더 마르는 느낌이었다.

조심스럽게 방문을 열었다. 거실은 깜깜했다. 불을 켜지 않고 주방 쪽으로 가서 냉장고를 열었다. 순간 냉장고 안에서 불빛이 새어 나왔는데, 혹시 저 사람이 자다가 불빛에 깨기라도 할까 봐 가슴이 철렁했다. 다행히도 기우였다. 거실에서는 아무런 미동도 없었다. 나도 모르게 고개를 돌려 소파 쪽을 보았다.

'아, 뭐지?'

소파에는 아무도 없었다. 소파 밑에 이불을 깔고 자나 싶어 보았는데 바닥에도 저 사람은 없었다.

'엄마랑 한방에서 자고 있단 말인가?'

물 한 컵을 따라 들고 언니 방문을 노크했다. 기가 막힌 이 사태에 대해 언니랑 얘기하고 싶었다. 언니는 침대에 비스듬히 누운 채 스마트폰을 들여다보고 있었다.

"언제 들어왔어?"

"좀 전에, 12시 좀 넘어서. 왜?"

"늦게 왔네?"

"할머니가 전화했어. 독서실에서 공부 좀 더 하고 오라고."

"할머니가?"

수능에서 실패하고 일찌감치 재수에 돌입한 언니를 배려한 눈치다. 그 일을 언제까지 모르게 할 수 있을지 모르지만 지금 당장 아는 것보다는 어느 정도 진정된 다음에 알게 되면 충격이 덜하긴 할 것이다. 한편으로 나도 곧 입시생이 될 사람으로서 배려받고 싶다는 생각이 잠깐 들었다. 하긴 나야 현장을 맞닥뜨린 마당이니 배려하고 싶어도 못했을 터.

"응. 무슨 일 있었어?"

오늘 밤 10시 무렵에 일어난 사건을 이야기해야 할지 말아야 할지 고민이 되었다. 언니는 모르게 하고 이 사건을 덮고 싶은 것이 집안의 분위기인 것 같은데, 내가 대다수 가족 구성원의 바람을 깨뜨릴 수는 없는 일 아닌가.

"뭔데?"

언니가 침대 머리에서 등을 떼고 자세를 고쳐 앉았다.

"……"

"말 안 할 거면 나가. 자야 해."

언니가 도로 누웠다. 언니가 눕는 것을 보며 나는 물 한 모금을 마셨다. 나를 힐끔 보는 언니 눈빛에서 불안이 감지되었다.

"혹시 우리 가족 중에 죽을병에 걸린 사람이라도 있냐? 이를테면 암이라든가. 그런 거면 말하고 그 외에는 말하지 마. 죽을병 아니면 다 별것 아닌 일이야. 오케이?"

"죽을병에 걸린 사람은 없어."

나는 언니 방의 불을 꺼 주는 친절까지 베풀면서 나왔다. 우리 집 맏딸, 공주님, 그리고 재수생. 내 언니이기도 한 이 사람을 치외법권의 영역에서 늘 아름답고 고귀한 공주로만 살게 하고 싶은 집안 사람들의 염원을 받아들이기로 했다. 스스로 알고 싶어 하지 않는 공주님의 의사도 존중해 줄 겸.

안방도 고요하고 할아버지, 할머니 방도 고요하다. 어둠이 졸음을 몰고 오고, 그 졸음은 죄지은 자에게나 상처받은 자에게나 모두 이부자리로 들어가 잠을 자라고 마법 가루를 뿌린 듯하다. 나에게도 마법 가루를 뿌려 주길 빌었으나 도무지 나는 해당되지 않았다. 아까 본 그 장면이 너무나 인상적이라 기억에서 떨쳐 내지지 않았다.

미술 학원에서 집으로 돌아왔을 때는 오후 9시 40분이었다. 그때 우리 집 거실 풍경은 정말이지 대단했다. 집에 들어섰을 때 소파 가운데에 낯선 여자가 앉아 있고, 할아버지, 할머니는 안절부절못했다. 엄마는 주방 식탁 의자에 앉은 채 한쪽 어깨를 벽에 기대고 있었는데 하얗게 질린 얼굴에 완전 넋이 나간 모습이었다. 그 여자는 마치 내가 들어오길 기다렸다는 듯 폭탄선언을 했다.

"저랑 저 사람 8년 된 사이예요."

그 여자가 그랬다.

저 사람, 이 말이 딱 걸렸다. 저 사람이란 말은 엄마도 자주 사용하는 말이다. 할머니나 할아버지에게 아빠를 지칭할 때 저 사람이 어쩌고저쩌고하며 말한다. 저 사람은 아빠를 떠올리게 했고, 또한 그 여자와 엄마를 동급으로 생각하게끔 만들었다. 그 여자가 지칭한 저 사람은 보이지 않았지만, 그 여자가 안방 쪽을 힐끔거리는 것으로 보아 저 사람은 안방에 있는 것 같았다.

"비겁한 사람, 나와서 말해. 나를 어쩔 거야?"

찢어질 듯한 여자 목소리에 할아버지와 할머니가 불안하게 서성거리더니 서로 위치를 바꿔 섰다. 할아버지는 비겁한 사람이 당신 아들이기에 대신 한마디라도 해야 한다는 의무감이 생겼는지 나름 점잖게 입을 열었다.

"여보세요, 아주머니. 남자 집까지 찾아오는 법이 어딨습니까? 이러는 것은 반칙……."

"이건 뭐 개 풀 뜯어 먹는 소리도 아니고 뭐여?"

반칙이라는 말이 거슬렸는데 마침 할머니가 할아버지의 말을 끊고 들어왔다. 할아버지에겐지 그 여자에겐지 할머니가 한껏 폭발하자 그 여자가 따지듯 말했다.

"반칙은 저 사람이 한 거예요. 저랑 결혼한다고 했단 말이에요."

할아버지가 헛기침을 해 대고 할머니가 씩씩거렸다. 엄마는 아, 하며 신음 소리를 냈다. 엄마의 신음 소리가 할머니를 자극했는지 그동안 들어 본 목소리 중에서 가장 큰 소리를 내질렀다.

"썩 나가지 못해? 여기가 어디라고, 감히 조강지처가 있는 집에 쳐들어와, 쳐들어오길!"

여자는 하나도 기죽지 않고 하나도 망설이지 않았다.

"어머니, 저도 조강지처 못지않아요. 제 젊음, 저 사람에게 다 바쳤다고요."

"누구보고 어머니래."

할머니가 몸서리를 치며 엄마를 감싸 안았다.

"에미야, 넌 저런 흉한 꼴 보지도 말고 듣지도 마라. 내가 다 알아서 할게."

듣기에 거슬렸는지 여자가 또 구시렁대자 할머니가 엄마에게 방에 들어가 있으라고 했다. 엄마가 꼼짝 앓자 나더러 엄마를 데리고 들어가라고 했다. 나도 차라리 그러는 편이 낫다고 생각했다. 엄마 팔을 잡았을 때 엄마는 몸을 떨고 있었다. 하얗게 질린 얼굴로 그대로 있겠다는 듯 고개를 절레절레 흔드는데 그 모습을 본 순간 내가 가야 할 곳은 안방이라는 생각이 들었다. 그런데 안방 문고리가 돌아가지 않았다.

"아빠, 아빠. 뭐 해? 나와서 저 여자 당장 내보내."

방 안에서는 아무 소리도 들려오지 않았다.

"이거 완전 오이국 먹는 기분이구먼."

할아버지가 혼잣말처럼 오이국 타령을 했다.

"쓸데없는 소리 말고 방에 들어가 있어요."

할머니는 안 그래도 정신 사나운데 할아버지까지 수선을 떨어 더 정신없다고 했다. 평소에도 할머니는 할아버지가 오이국 이야기를 할 때마다 예민하게 반응했는데, 오이로 국을 끓인 경험이 있는 것 같았다. 할아버지는 세상에서 가장 맛없는 국이 오이국이라며 기분이 나쁘거나 어정쩡할 때 이 말을 자주 사용했다.

"이럴 땐 어른이 있어야지."

할아버지는 절대로 자리를 피하지 않겠다는 듯 1인용 소파로 가서 앉았다. 할아버지가 앉자 여자는 더 버틸 힘을 얻은 듯 자세를 고쳐 앉았다. 여자가 쉽게 집에서 나갈 것 같지 않았다. 나는 내 방으로 들어와 112로 전화를 걸었다.

"우리 집에 가택 침입자가 있어요. 폭력적이에요!"

경찰이 10분 만에 도착했다.

"저 여자가 가택 침입자예요. 잡아가세요."

여자는 경찰을 불렀냐고 소리소리 지르며 끌려 나갔

고, 그 모습을 본 할아버지는 그러게 이러는 게 아니지, 하며 혀를 찼다. 이런 경우 어떤 원칙이라도 있다는 듯 말하는 할아버지를 할머니는 곱게 보지 않았다. 제발 그 입 좀 다물라고 면박을 주자 할아버지는 두말 않고 방으로 들어가 버렸다. 그때까지도 저 사람은 안방에서 나오지 않았다.

아침에 또 못 볼 꼴을 보고야 말았다. 저 사람이 안방에서 나오더니 이 와중에 밥을 먹겠다고 떡하니 식탁에 앉는 것이 아닌가. 보통날과 다른 풍경이라면 주방에 할머니가 나와 있다는 것이다. 할머니는 엄마에게 들어가 더 자라고 하는데 엄마는 고집스럽게 밥을 펐다. 엄마가 밥그릇을 놓아 주자 저 사람은 아무렇지도 않게 밥을 먹었다. 밥을 먹다가 나를 보자 저 사람이 말했다.

"일찍 일어났네? 다음 주부터 방학이지?"

어제 무슨 일이 있었는지 전혀 기억하지 못하는 사람 같았다.

"……."

"어제 본 건 다 오해야. 잊어버려."

저 사람이 말할 때 할머니는 머리가 아픈 듯 손바닥으

로 이마를 짚었고, 엄마는 나에게 눈짓을 했다. 그 눈짓이 무슨 뜻인지 헷갈렸다. 알았다고 대답하라는 것인지, 말대답할 필요가 없다는 것인지. 눈짓을 무시한 채 그냥 욕실로 들어가 버렸다. 샤워기에서 수억 개의 물방울이 쏟아져 나와 바닥에 부딪치는 소리를 내기 시작했다. 동시에 내 입에서 온갖 욕설이 터져 나왔다. 자그마치 8년이다. 일부일처제의 나라에서 8년 동안 두 여자의 남자로 살았던 사람, 간통죄가 폐지된 시기가 2015년 2월쯤이었으니 그전에는 범법자이기도 한 사람. 그 사람이 바로 우리 아빠다.

낭만에 대하여

    단기 방학에 들어간 미술 학원은 조용했다. 학교 방학이 시작되면 학원에선 특강에 들어가기에 앞서 일주일 정도 휴강을 한다. 이 기간 동안은 입시 미술을 하는 고등학생들도 휴식 시간을 갖는다. 물론 당장 대입 실기 고사를 치르는 고3이나 재수생들은 예외지만. 2층 원장실 옆 벽에 걸린 내 그림에 새삼 눈길이 갔다. S그룹 고등학생 디자인 공모전 대상, 송죽고등학교 2학년 차우림. 내 그림을 학원 광고용으로 사용한다는 확신이 갔다. 새삼 어깨가 곧게 펴졌다.

  "원장님."

  "어, 그래. 안 그래도 연락하려고 했어."

"메일 보셨죠?"

"응. 갑자기 웬 알바를 한다고 그래? 그림에만 매달려도 부족할 시간에."

"지금보다 조금 더 부지런하게 살죠, 뭐."

"오전에 학교 보충수업 하고 학원 오면 수업 들어가기 바쁠 텐데?"

"보충수업은 자율이니까 빼먹어도 돼요."

원장님은 몸을 뒤로 물려 의자 등받이에 붙였다.

"무슨 일 있니?"

나에게서 뭔가 알아내려는 눈빛이 역력했지만 곧이곧대로 말하고 싶지는 않았다.

"알바를 못하면 학원을 다니기 힘들어질지도 몰라요."

나는 최대한 사정을 좀 봐주십사, 하는 어조로 말했다. 원장님이 잠시 나를 쳐다보더니 이내 알았다는 표정을 지었다. 원장님 나름으로 내 사정을 미루어 짐작하는 눈치다. 내 마지막 말이 결정적인 역할을 한 것 같은데, 어쨌거나 긍정적으로 검토한다는 말에 나는 벌쭉 웃으며 원장실에서 나왔다.

원장님과 상담을 끝내고 나니 2시였다. 어디를 들르거나 누구를 만나도 될 만큼 시간이 남았다. 화방에나 들를까 하고 길을 건너려는데 학원 주차장에서 한가희가 나오고 있었다. 옆에 한가희 엄마도 있었다. 상담하러 온 눈치였다. 한가희 눈에 띌까 봐 뒷걸음질 쳐 분식집으로 들어와 버렸다.

아주머니가 아는 체하며 뭘 먹겠냐고 물었다. 그 말을 듣는 순간 갑자기 배가 고팠다. 그러고 보니 아침도 점심도 먹지 않았다. 자리에 앉아 김밥 한 줄을 먹은 뒤 식당에서 나오니 마침 2-1번 버스가 정류장에 와 섰다. 늘 타던 버스라 반가운 마음에 바로 올라탔다. 버스를 타고 나서야 이렇게 빨리 집에 들어갈 필요가 없다는 생각이 들었다. 집에 들어가면 할머니는 민망한 척 티 나게 어수선한 행동을 할 것이고, 엄마는 안방에 쪼그리고 앉아 세상에서 가장 불행한 사람이 여기 있다는 듯한 자세를 취하고 있을 것이다. 특히 할아버지는 그날도 그다지 놀라거나 당황하는 표정이 아니었으니 그 일을 감쪽같이 잘라내어 어디 멀리 갖다 버린 사람처럼 시치미 뚝 떼고 있겠지. 그 모습을 곱게 볼 수 없는 마당인데 저 사람이 일찍 퇴근이라도 했다면 그건 또 얼마나 고역스런 일인가.

버스에서 내리면서 서너 시간 아니 대여섯 시간 정도 흘려보낼 마땅한 장소가 없을까 둘러보았다. 의외로 우리 동네도 시내 못지않게 카페가 많았다. 바로 눈에 띈 카페가 '오후가비'다. 오후가비는 한 사람이 간신히 몸을 끼어 넣어 들어갈 만한 작은 문에다 그 옆으로 낮은 창문이 있어 어쩐지 동화 같은 분위기가 났다. 무엇보다 나를 당기는 것은 24시간 영업이라는 문구였다. 오래도록 푹 눌러앉아 있어도 될 것 같은 기분이 들었다.

"달고 시원한 게 어떤 거예요?"

바리스타 아주머니가 아이스 초코를 권했다. 자리에 앉고 보니 고등학생은 나밖에 없어 보여 조금 어색했다. 아이스 초코가 나올 때까지 어떻게 시간을 보낼까 생각하다 문득 오후가비라는 말이 궁금해졌다. 검색해 보니 가비는 커피가 우리나라에 처음 들어왔을 무렵에 불렸던 이름이다. 그렇다면 오후의 커피라는 뜻이다. 오후 3시쯤 이 카페에서 커피를 마실 때 비도 내리면 괜찮겠네, 하며 창밖을 내다보는데 문자 한 통이 왔다.

한가희   뭐 해?

한가희가 문자를 보낼 때는 나한테 알고 싶은 게 있을 때이다. 특히 실기 대회나 공모전 소식을 알고 있는지,

출전 또는 출품할 것인지 등등. 내가 출전을 하든 안 하든 상관없이 자기가 하고 싶으면 하면 되는데 꼭 내 상황을 묻는 한가희를 이해할 수 없다. 더군다나 요즘은 연말이라 대회나 공모전도 없는데, 웬일일까?

그냥 있어. ▶ 차우림

한가희 │ 오늘 원장 상담했담서?

어떻게 알았어? ▶ 차우림

한가희 │ 박쌤이~

박쌤이? 그럼 원장님이 박쌤과 내 얘기를 나눈 모양이다. 곧 소문이 나겠군. 설마 아르바이트 얘기까지 나오진 않았겠지. 아르바이트 자체가 문제는 아닌데 왜 갑자기 그러는 거냐고 물으면 나는 대답해 줄 말이 없다. 더구나 한가희 같은 아이는 궁금해서 미칠 것이다. 오후 2시부터 9시까지, 7시간을 그림에만 집중해도 파김치가 될 판인데 거기에다 일까지 한다니……. 그건 특이하다 못해 이상한 일로 비치기에 충분하다.

한가희 　입시 상담?

다행히 한가희는 아르바이트에 대한 건 모르는 눈치다. 단지 궁금해서 물어보는 것이다. 자기야말로 엄마까지 대동하고 학원에 왔다 갔으면서. 나는 그것을 궁금해하지 않는데 왜 내가 원장님하고 한 상담에 관심을 갖는지 모르겠다. 한가희에게 뭐라 쓸까 생각하고 있을 때 아이스 초코가 나왔다. 한 모금 빨아 마시고, 무슨 말이라도 해 주려고 스마트폰 자판을 열었다. 자판에 '그렇지 뭐'라고 써서 보내자마자 한가희가 물음표를 찍어 보냈다. 한가희가 조바심을 내고 있는 것 같았다. 내가 원장님한테서 특별한 정보나 조언이라도 얻었나 하는. 한가희랑 대화하는 것이 슬슬 부담스러워졌다. 나는 대화를 빨리 마무리하고 싶어 말을 돌려 버렸다.

　담 주부터 겨울방학 특강이야. 아자, 아자～　차우림

한가희 　아, 그래.

적당히 달콤하고 적당히 차가운 아이스 초코를 빨대

로 빨아 마시며 창밖을 바라보았다. 날이 어둑해졌다. 지금쯤 엄마는 밥을 차리고 있겠지. 할머니가 좀 더 센스가 있다면 엄마를 주방에 있게 하지 않을 텐데. 할아버지는 노인정에서 돌아와 밥이 될 때를 기다리면서 텔레비전을 보고 있을 것이다. 이 상황에서 가장 변화가 없는 사람이 할아버지다. 할아버지가 저 사람을 두둔하는 것은 거의 습관이 되어 버려서 이런 상황에서조차 그런 버릇이 나오나 싶다.

'엄마도 참!'

그 난리를 겪고도 밥을 차려 주다니. 이 마당에 밥 정도는 할머니한테 맡겨도 뭐라고 할 사람도 없을 텐데. 더구나 어제는 저 사람이랑 한방에서 잠까지 잤다.

유인정이라고 했던가. 그 여자랑 저 사람은 거의 부부였다. 8년이라는 긴 세월 동안 엄마는 철저히 우리 집 주부로만 살았다. 엄마가 살림에 열중하는 동안 저 사람은 할아버지와 할머니, 그리고 우리 세 사람을 털어 내고 홀가분하게 그 여자랑 즐겼다. 여기까지만 생각해도 억울하고 분노가 치밀 만한데 엄마는 얼마나 착하기에. 어제는 또 얼마나 가관이었나. 자기들끼리 사랑 싸움을 했는지 그 불똥이 튀자 마치 장난치다 들킨 아이처럼 방에 들어가 나오지도 않았다. 어젯밤 풍경 속에서 보자면 엄마는 저 사람과 관계에서 옆으로 밀쳐진 여자 같았다. 단연 주인공은 저 사람과 유인정이고, 엄마는 저 사람의 누나나 여동생, 그러니까 그저 가족의 한 사람으로 존재하는 것 같았다.

저 사람이 집에 왔다면 어디에서 어떤 자세로 있을까? 정말 그건 답이 나오지 않았다. 엄마 눈치를 보면서 빙빙 돌 것인가. 아니면 한마디라도 자기편을 드는 할아버지 옆에 앉아 텔레비전을 볼 것인가. 설마 대책 회의를 한답시고 그 여자랑 같이 있는 것은 아니겠지?

밖은 깜깜해지고 배가 고파 왔다. 바닥에 남은 아이스 초코를 알뜰하게 빨아 먹었다. 혹시나 싶어 스마트폰을 보았는데 아무도 나에게 문자나 전화를 하지 않았다. 미술 학원 수업이 없는 날이라 집에 일찍 들어간다는 것을 알고 있을 사람이 적어도 두 명은 된다. 할머니와 엄마. 엄마는 제정신이 아닐 테니 그렇다 치고, 할머니까지 정신을 놓아 버린 것인지, 아니면 또 무슨 대형 사고가 터진 것인지, 문득 걱정이 엄습해 왔다. 가택 침입자가 있었는데도 우왕좌왕하는 사람들 속에 엄마를 놔둘 수 없다는 생각이 들었다. 알고도 모르는 척하는지 진짜 모르는 건지 전혀 신경 쓰지 않는 언니에게는 말할 것도 없고……. 우선 집으로 달려가기로 했다.

정말 다행스럽게도 저 사람이 와 있었다. 다행스럽다는 것은 다분히 엄마 입장을 고려해서 한 말이다. 저 사람은 할아버지랑 나란히 텔레비전을 보고 있었다.

"애비야, 저 사람은 참 낭만적으로 산다."

할아버지가 텔레비전을 보면서 부러운 듯이 말했다. 가택 침입자 사건은 까맣게 잊어버린 듯한 말투다. 저 사람도 비슷한 말투로 말했다.

"그러게요."

분위기로 보건데 이 이야기 전에 저 사람의 기를 살리는 말도 했을 것이다. 할아버지가 주기적으로 잘하는 말이 있다. 네가 번 돈으로 우리 다섯 식구가 잘 먹고 잘 살지 않냐, 너는 누가 뭐래도 우리 집 가장이여. 오늘은 이런 말도 했을 것 같다. 남자가 실수할 수도 있지, 그렇다고 기죽어 살 필요 없다. 자, 어깨 펴고 당당히 소파에 앉아서 나하고 텔레비전 보자.

집안 분위기는 금요일 밤 이전이랑 별반 달라진 게 없어 보였다. 부엌살림에는 손 하나 까딱 않던 할머니가 식탁에서 콩나물을 다듬고 있다는 것만 빼면. 우유나 한 잔

마실까 하고 냉장고로 향하자 할아버지가 말했다.

"낮에는 농사짓고 밤에는 별 보고. 내가 원하는 삶이 바로 저거여."

할아버지는 낭만을 주제로 계속 얘기하고 싶은 눈치다. 할아버지가 말하는 낭만이 뭔지 잘 모르겠지만 촉촉한 눈빛을 보니 뭐에 홀딱 빠져 보이긴 했다. 얼마나 멋진 사람이 나오기에 저러나 싶어 보니, 〈세상에 이런 일이〉라는 프로의 '자연인'이었다.

'낭만은 개뿔.'

나도 가끔 자연인을 보는데 낭만하고는 거리가 먼 사람들이다. 자연인의 손톱을 보면 대부분 까맣다. 까만 때가 낀 손톱으로 나물을 막 주무른다. 그 손가락으로 나물을 집어 MC에게 주면 MC는 기꺼이 받아먹는다. 이게 바로 자연스런 삶이라는 듯 뿌듯한 표정으로 MC의 리액션을 기대하는 자연인. 내가 보기엔 낭만보다는 야생에 가깝다.

"저 산은 자연인 건가? 우리도 조그마한 산 하나 있었으면 좋겠다, 애비야."

그때 콩나물 가닥이 그릇에 부딪히는 소리가 났다. 할머니가 콩나물 뿌리를 딴 다음 던지듯 볼 안에 넣었다.

저 사람은 그 소리를 듣고 할머니 쪽을 쳐다봤지만 가는 귀가 먹은 할아버지는 여전히 텔레비전에만 집중했다.

"참 좋은 취미여."

"취미? 말이 나왔으니까 말인데. 당신 취미 한번 말해 볼까?"

더는 못 참겠다는 듯 할머니가 말했다.

"저 봐, 저 봐, 또 막말하네. 애들 앞에선 존대하라고 했지? 그렇게 막말하면 당신 인격을 흉본단 말이여."

"내 인격 걱정하지 말고 쓸데없는 소리 좀 하지 말아요."

내심 인격이 걱정되는지 할머니가 존대로 바꿨다.

"애비야, 일만 하면 인생이 재미가 없잖어. 이젠 제대로 된 취미 하나 가져 봐."

"가재는 게 편이라고 당신 닮았다고 두둔하는 거유? 두둔할 걸 두둔해야지. 이젠 가르치기까지 하는구랴? 왜 당신 기타 치던 취미가 생각나서 그렇소?"

할머니가 참았던 말을 우르르 쏟아 놓자 할아버지가 일어났다.

"아이구, 지겨워. 죽을 때까지 그 소리 할 건가."

할아버지는 할머니가 또 무슨 소리를 할까 봐 서둘러

방으로 들어가 버렸다. 불리할 때 자리를 피하는 것도 부자가 꼭 닮았다. 할아버지 옆에선 이상할 정도로 편안해 보이던 저 사람이 살짝 불안해 보였다. 소파에 등을 기대는가 싶더니 이내 등을 떼고 오른손으로 리모컨을 집었다. 저 사람은 자연인이 산꼭대기에서 천체 망원경을 설치하는 장면에서 채널을 돌렸다. 채널을 두어 군데 돌린 끝에 마땅한 프로그램을 못 찾았는지 다시 자연인으로 돌아왔다. 아름다워, 정말 아름다워. 자연인이 망원경을 들여다보며 아름답다는 말을 연발했다. 옆에 있던 MC가 자기도 보고 싶다고 했다. 자연인은 보란 듯이 자리를 비켜 주고 자기는 고개를 들어 하늘을 보았다. 그 표정이 더없이 행복해 보였다. 저 사람도 별이 보고 싶은지 베란다 쪽으로 고개를 돌렸다. 거실 유리창에 우리 집 거실 풍경이 데칼코마니처럼 비취었다. 저 사람이 자신의 얼굴을 마주 본 채 고개를 길게 빼고 창밖을 보려고 기웃거렸다. 나는 거기까지 보고 엄마에게 갔다.

"엄마, 뭐 해?"

엄마는 방바닥에 앉아 파일을 보고 있었다.

"내가 미쳤었나 봐."

"뭐가?"

"다 버렸어. 네 아빠랑 결혼하려고."

엄마가 보고 있던 것은 영어과 정교사 2급 자격증이었다. 엄마는 교사 임용고시 보는 날과 저 사람의 출국 날짜가 겹쳐서 시험을 포기했다고 했다. 얼마나 중요한 출국이기에 포기했냐고 했더니 열흘간의 미국 출장이었다고 했다. 그러니까 열흘간의 출장과 평생 직업을 바꾼 셈이다.

"종일 이러고 있었어?"

"아니. 낮에는 은행 몇 군데 다녀왔어."

은행에 다녀왔다는 말에 퍼뜩 특강비 생각이 났다. 엄마가 특강비를 원장님 통장에 입금하면 원장님이 혼란스러워할 것 같았다. 엄마에게 이제부터 학원비는 나한테 달라고 했다. 내가 직접 내겠다고 하니까 엄마는 순순히 그러라고 했다. 보통 때 같으면 왜 그러는 거냐고 물었을 텐데 지금은 그마저도 신경 쓸 여력이 없어 보였다.

"그런데 은행은 왜?"

"통장 정리 했어."

엄마도 나처럼 떠날 준비를 하려는 건가. 당연한 건데 의외라는 생각이 들었다. 엄마는 아빠가 용서를 빌면 받아 주며 살든지 아니면 원망하며 살든지 할 사람이지 아빠를 떠날 사람이 아니다. 내가 파악한 엄마의 성정은 그랬다. 그런 엄마가 통장 정리를 했다면 참기 힘든 상황인 것이다. 나는 엄마의 결정에 힘을 실어 주기 위해 자못 진지하게 말했다.

"엄마, 난 엄마의 결정을 존중하고 따를 거야."

"별로 모은 돈도 없어."

엄마의 말투에서 그래서 난 이렇게 살 수밖에 없어, 라는 느낌을 받았다. 나는 엄마에게 이혼해도 된다고, 이혼하라고 말해 주고 싶었지만 말할 수 없었다. 잠시 어정쩡한 시간이 흘렀다. 그사이 할머니가 밥을 다 차렸는지 나오라고 외쳤다. 엄마는 깜박했다는 듯 부리나케 일어나 안방에서 나갔다. 이미 잘 차려진 식탁에 할아버지와 저 사람이 앉아 있었다.

"에미야, 밥 먹자. 우림이도 어여 앉어."

할머니가 말했다.

"밥 먹자."

그 사람이 말했다. 나는 잠시 머뭇거리다 식탁으로 갔고, 엄마는 입맛이 없다며 도로 안방으로 들어갔다. 할머니가 아빠에게 눈치를 주자 아빠가 자리에서 일어나 안방으로 들어갔다. 얼마 후에 아빠는 혼자 나왔고, 할머니는 쟁반에 엄마가 먹을 저녁상을 차리기 시작했다.

그 사람이 또 말했다.

"너 오해하지 마. 그 여자는 스토커야."

할머니가 자주 했던 말이 생각났다. 터진 입이라고 아무 말이나 씨불여도 되는 거냐. 차마 입 밖으로는 내지 못하고 할머니를 보았다. 할머니가 그 말을 해 주길 기대했는데 입을 꾹 다물고 있었다. 이보다 덜 기막힌 상황에서는 잘도 써먹더니.

"그 여자 하는 짓이 정상 같지가 않더라. 이왕지사 이렇게 된 바에야, 니 언니는 못 봤으니까 굳이 말할 필요 없어."

할아버지가 이어서 말했다.

"애비에게 버릇없이 굴면 안 돼. 니 애비 정도 되니까 그 비싼 미술 공부도 시켜 주는 거여."

그 말이 왜 안 나오나 했다. 그러게 내가 이래서 미술 공부만큼은 저 사람 돈을 쓰고 싶지 않은 거다. 부디 원장님한테서 좋은 연락이 와야 할 텐데…….

할머니 숨소리가 거칠어진다 싶더니 결국 더는 못 참겠다는 듯 말문을 열었다.

"돈만 벌어다 주면 애비 역할 다하는 줄 아는 거여? 정신 똑바로 차리고 살어. 뽀시랍게 큰 우리 오름이, 우림이에게 이게 웬 날벼락이여. 에미는 또 어떻고!"

"애들 앞에서 애비 기를 죽이면 안 되지."

"부전자전이라더니. 못된 것을 물려줬어. 요즘도 노인정에서 껄떡댄다는 소문이 있더구먼."

할머니는 이참에 할아버지도 잡을 작정인 듯 쏘아붙였다.

"뭐여? 쭈그렁 바가지 같은 할마씨들을 어디다 엮어? 내 수준을 뭘로 보는 거여?"

할아버지가 발끈했다.

"수준 따지는 걸 보니 아직도 주책 떨 맘이 있나 보네. 개망신을 더 당해 봐야 정신을 차리지."

할머니는 마치 누구 들으라는 듯이 시원하게 한 방 날려 주었다. 저 사람은 그 말이 단지 할아버지한테만 해당되는 말인 줄 아는 모양인지 태평하게 밥숟가락을 뜨고 있었다. 그때 스마트폰 진동이 울렸다.

원장님

[월 수 금] 고3 수업 전에 나와 학원 문 열고 난방 틀기. 교실 청소 및 수업 준비. 수업 끝나면 마지막까지 남아 교실 정리하고 문 잠그기.

원장님

[화 목] 초등학교 중학교 수업에 보조 강사 하기. 급료는 학원비 일체 면제. 가능하면 학교 보충수업은 듣는 방향으로 하길. 내신 성적 중요하니까.

"앗싸!"

나도 모르게 환호성이 터져 나왔다.

4B 연필

　오후가비 맞은편에서 버스를 기다렸다. 문득 오후가비에 손님이 있을까 궁금했다. 카페 안이 깜깜해선지 안쪽 풍경이 잘 보이지 않았다. 창문으로 바짝 다가가 눈 옆을 손바닥으로 가린 채 들여다보았다. 카페에는 손님은커녕 주인도 없는 것 같았다. 커피 한 잔 값으로 하루를 보낼 수 있는 초경제적인 공간이라고 생각했는데 실은 무늬만 24시간인 것 같아 왠지 아쉬웠다. 하룻밤 피난처로 사용하려던 계획이 무산된 것뿐인데 거처를 잃어버린 상실감이 느껴졌다.

　출근 시간보다 이른 시간인데도 버스에 빈자리가 없었다. 나는 중간쯤에 자리를 잡고 섰다. 그리고 미술 학원

비밀번호를 머릿속에 꼭꼭 새기듯 속으로 되뇌었다.

'별101977별'

열 살부터 열아홉 살까지 행운의 칠 두 개, 진짜 그런 뜻인가. 그렇게 의미를 부여하고 보니 절대로 잊힐 것 같지 않았다. 어쨌든 이 비밀번호가 내 독립의 첫 문을 여는 열쇠다. 이제부터 나는 누구에게도 의지하지 않고 나의 세계를 만들어 나갈 것이다. 부디 엄마도 20년 전에 딴 교사자격증에 미련을 두지 말고 저 사람으로부터 독립할 수 있는 열쇠를 찾는 데 주력했으면! 엄마 걱정까지 하는 동안 버스는 한 정거장만을 남기고 있었다.

학원 입구의 유리문에 달린 도어록 뚜껑을 열었다. 비밀번호는 잘 들어맞았다. 당연한 일인데 큰 고비를 넘긴 기분이 들었다. 계단을 올라 강사실 앞 벤저민 화분 밑에서 열쇠 꾸러미를 꺼냈다. 열쇠 꾸러미를 들고 2학년 교실로 가서 자물쇠를 풀고 들어갔다. 사물함에 가방을 넣어 두고 입시반 교실로 뛰어갔다. 대입 실기 고사를 며칠 안 남긴 시점이라 교실은 그야말로 난장판이었다. 창문부터 열고 작업대 위에 어질러진 물통이며 휴지 조각들을 정리했다. 걸레를 빨아 물감 자국을 닦아 낸 다음엔 난방을 틀어 놓았다. 이런 식으로 고3 교실 여섯 곳을 돌아다녔다. 8시 30분쯤 되었을 때 입시생 한 명이 들어왔다. 입시생이 웬일인가, 하는 표정으로 나를 힐끔 보았다. 나는 딱히 뭐라 할 말이 없어서 고개를 꾸벅 숙였다. 그는 작업대에 앉아 물감, 붓, 스케치북을 풀어 놓았다. 그가 추운지 몸을 떠는 시늉을 하기에 얼른 창문을 닫고 교실에서 나왔다.

그런 다음 나는 학원에서 나와 버스를 타고 학교로 갔다. 원장님 말대로 보충수업은 들어야 할 것 같았다. 이 시간에 가면 1교시 수업은 못 듣겠지만 2교시부터는 들을 수 있다. 1시 10분에 보충수업을 마치고 나는 또 학원으로 달려왔다. 다른 아이들은 학원 근처 식당에서 점심을 먹겠지만 나는 그럴 시간이 없었다. 수업이 오후 2시부터 시작되니까 그전에 가서 환기를 하고 난방을 틀어 놓아야 한다. 너무도 바쁜 일정이라 점심을 걸렀다는 사실도 망각할 지경이었다. 정신없이 고2 교실을 돌아다녔다. 일을 마친 다음엔 그저 일찍 온 학생처럼 우리 교실로 들어갔다. 아직 학생들이 오지 않아 가만히 있기 뭐해 물통에 물을 받아 놓고 스케치북을 펴 놓았다.

"일찍 왔네?"

한가희가 내 어깨 위로 자기 얼굴을 들이댔다. 내 그림을 자세히 보고 싶은 모양이다. 정확히 말하면 내가 자기보다 일찍 와서 그림을 그렸나, 뭐 이런 것이 궁금했을지도 모른다. 한가희는 내가 몸을 옆으로 피해 자기에게서 멀어지자 그제야 얼굴을 들어 올렸다. 나는 한가희의 쓸데없는 궁금증을 풀어 주기 위해서 일부러 바싹 마른 붓을 들어 보이며 말했다.

"나도 금방 왔어."

그제야 한가희가 나에게서 떨어져 자기 자리로 갔다.

수업이 시작되자 박쌤이 한 여학생을 데리고 들어왔다. 학생은 단발머리를 하고 있었는데 봉긋 볼륨이 들어간 머리카락들이 얼굴 양옆을 폭 덮고 있어서 그런지 얼굴이 유난히 작아 보였다. 옷차림은 밝은 베이지색 파카에 흰 셔츠로 전체적으로 하얀 분위기였다. 할머니가 잘 쓰는 말로 뾰시랍다고나 할까, 잘 차려입은 공주님 같았다. 여학생은 입가에 살짝 미소를 머금은 채 교실을 둘러보았다. 별로 긴장하거나 낯설어하지 않은 것으로 보아 다른 학원에서 상당한 내공을 쌓고 온 것 같은데, 차림새로만 보면 그림쟁이 분위기는 찾아볼 수가 없었다. 첫날이니까 저렇게 차려입고 왔겠지. 설마 입시 미술을 고2 막바지에 처음 시작하는 것은 아닐 것이다.

"오늘부터 같이 공부할 친구다. 이름은 이현아."

이현아가 꾸벅 인사를 하자 박쌤이 우리에게 박수를 유도했다. 우리는 다들 손뼉을 쳤고, 남학생 두어 명은 환호성까지 보냈다.

박쌤은 이현아에게 내 옆에 앉으라고 했다. 이현아는 가벼운 걸음으로 내 옆자리로 와서 백팩을 벗어 자기 의자 위에 놓았다. 박쌤이 사물함 열쇠를 이현아에게 내밀며 소지품을 사물함에 넣어 두라고 했다. 이현아는 사물함을 찾는 듯 교실을 한번 휙 둘러보더니 다시 백팩을 들어 어깨에 걸쳤다.

"거기 앞치마도 있어. 입고 와."

"네."

곧 이현아가 앞치마에 토시까지 끼우고 왔다. 키 크고 날씬한 이현아에게 검정 앞치마는 작업복이 아니라 패션 아이템처럼 보였다.

"이번 주 주제는 '한국의 미'다. 원, 세모, 네모를 적절히 이용하여 우리의 전통미를 표현해 보자."

박쌤은 늘 그렇듯이 학생들의 작업 의욕을 고취하기 위한 말도 보탰다. 공공 기관에서 주최하는 대회에는 전통이니 우리 것이니 하는 주제가 많이 나온다는. 그리고

작업대 사이로 걸어와 들고 있던 스케치북을 이현아 앞
에 펼쳐 주었다. 4절지 크기의 화지가 펼쳐지자 이현아
가 손바닥으로 종이를 쓰다듬으며 아, 하고 조그맣게 탄
성을 냈다. 나와 똑같이 아이들도 이현아가 하는 행동을
재미있게 지켜보았다. 아이들이 필요 이상으로 이현아에
게 관심을 갖는다고 생각했는지 박쌤이 손마디로 작업대
를 톡톡 쳐 주의를 주었다. 그렇지만 한 작업대에 앉은
나와 한가희, 소자영의 눈길까지 거두지는 못했다.

"연필 잡아 볼래?"

박쌤이 이현아에게 4B 연필을 잡아 보라고 했다.

"이렇게요?"

이현아가 볼펜 잡는 폼으로 4B 연필을 잡았다.

'뭐야? 쟤.'

4B 연필을 세워 잡고 뭘 그리겠다는 거지? 스케치도
하기 전에 세부 묘사를 할 리는 없고. 한가희도 나만큼이
나 흥미진진하다는 표정으로 보고 있었다.

"엄지손톱이 위로 가게."

박쌤이 이현아 손에서 4B 연필을 빼더니 잡는 시범을
보여 주었다. 이현아가 4B 연필을 고쳐 잡고 맞냐는 듯
박쌤을 쳐다보았다. 박쌤이 잘했다고 칭찬하는 순간 한

가희 눈에서 이현아에 대한 경계심이 훅 날아갔다. 나는 이현아보다는 한가희의 표정 변화를 재미있게 보았다. 한가희가 소자영에게 입 모양으로만 말했다. 왕초보. 소자영이 알아듣고 큭, 하고 웃었다. 초미의 관심을 표했던 아이들이 이현아 손을 보고 웃음을 참느라 애썼다. 킥킥대는 소리를 들었을 법도 한데 이현아는 전혀 아랑곳하지 않았다. 오히려 웃던 아이들이 멋쩍어서 급히 표정 관리를 했다. 어쨌든 이현아는 입시반이 아니라 취미반에 들어가야 마땅했다. 실은 곧 고3이라 취미반도 어울리지 않았다. 한가희는 재미있다는 듯 소자영과 속닥거리더니 실망 반 안심 반인 얼굴로 자기들 작업에만 집중했다.

"1센티 간격으로 이쪽 끝에서 저쪽 끝까지 끊지 말고 쭉 그어 봐."

박쌤은 이현아에게 스케치북을 줄로 다 채우라고 하고 자리를 떴다. 이현아는 스케치북 양 옆에 자를 대고 1센티 간격으로 점을 찍었다. 나름 요령을 피우고 있었다. 이현아가 이쪽 점과 저쪽 점을 선으로 연결했다. 선이 자꾸만 비껴가자 가볍게 한숨을 쉬기도 했지만 곧바로 지우개로 싹싹 지우고 처음부터 다시 그었다. 이현아 자리에 지우개 가루가 쌓여 갔다.

어느새 이현아를 향한 학생들의 관심이 옅어졌다. 나 역시 이현아는 내 라이벌감이 아니라는 확신이 생겼고, 라이벌은커녕 저러다 지치면 그만두겠다, 하는 생각까지 들었다.

박쌤은 책상 사이사이를 돌아다니며 학생들의 그림을 봐주다가 다시 이현아 쪽으로 왔다. 박쌤은 이현아가 얼추 스케치북 한 면을 다 채운 것을 보고 뒷장도 채우라고 하고는 나에게로 왔다. 나는 '한국의 미'를 스케치하고 있었다. 문창살로 네모를, 문고리로 동그라미를 표현하고 문과 문지방 사이의 열린 틈으로 드리워진 문 그림자로 세모를 표현했다.

"아이디어 괜찮고, 구성도 좋은데 세모 표현이 좀 약한 것 같네……."

박쌤이 아쉬운 듯 말끝을 흐렸다. 안 그래도 세모가 걸렸다. 선명한 이미지를 찾아내지 못해 궁여지책으로 그림자를 끼워 넣었다. 박쌤이 나에게서 멀어지자 이현아가 내 스케치북을 넘겨다보며 물었다.

"몇 년 되었어? 학원 다닌 지."

"한 5년."

"5년이나? 그 정도 배워야 너처럼 할 수 있는 거니?"

"글쎄."

이현아가 마치 나를 대단한 사람 보듯 하니까 한가희가 신경이 쓰였는지 붓질을 멈추고 자리에서 일어났다. 그러더니 한 발자국 물러나 자기가 그린 스케치를 감상했다. 마치 자기 작품도 보라는 듯. 하지만 이현아는 한가희 그림에는 관심이 없어 보였고, 바로 자기 스케치북으로 가서 선 긋기에 몰두했다. 그나마 소자영이 한가희 그림을 보고 고개를 가볍게 끄덕여 주었다. 한가희는 화지 전체에 고궁 이미지를 그렸다. 언뜻 봐서는 세 가지 도형을 다 살려 그렸는지는 모르겠지만 그런대로 괜찮아 보였다. 한가희랑 눈이 마주쳐 엄지를 들어 올렸다. 그 정도 리액션이라도 없었으면 한가희는 의자에 앉을 타이밍을 찾지 못했을 것이다.

오후 6시 무렵에 원장님에게서 문자가 왔다. 저녁 먹고 잠깐 원장실로 와 달라는 내용이다. 그러겠다고 답장을 보내고 앞치마를 풀었다.

"저녁은 어디서 먹어?"

이현아가 4B 연필을 잡은 채 물었다. 이현아의 검어진 손바닥을 보니 공연히 흰 셔츠가 걱정되었다.

"학원 근처에 분식집 많아. 김밥, 라면, 쫄면……. 같이 갈래?"

마치 기다렸다는 듯이 이현아가 말했다.

"오늘 신고식 겸 내가 쏠게."

"안 그래도 되는데……."

내 말을 좋다는 말로 알아들었는지 이현아가 한가희와 소자영에게도 같이 가자고 했다. 한가희와 소자영이 좋다며 따라왔다. 주변에 있던 아이들이 너도나도 따라붙었다. 모여든 아이가 여덟 명이나 되었다. 이현아는 메뉴판을 보더니 맘껏 시키라고 했다. 아이들이 김밥에 라면, 만두, 쫄면 등 다양하게 메뉴를 불러 댔다.

"괜찮아?"

내가 걱정스럽게 묻자 이현아는 자기 지갑에서 카드를 빼서 보여 주었다.

"와아!"

아이들이 박수까지 치며 이현아를 환호했고, 덕분에 저녁값이 굳은 아이들은 평소에는 사 먹지도 않던 음료수를 사서 입에 물었다. 아이들이 우르르 교실로 들어갈 때 나는 그 틈에서 빠져 원장실로 갔다. 원장님 옆에 박쌤도 같이 있었다.

"오늘 힘들지 않았어? 일찍 와서 청소도 했다면서?"

원장님이 말했다.

"특강 첫날이라 별로 치울 것도 없었고 책상에 걸레질만 하는 정도였어요. 아, 입시반은 보충수업 때문에 대충 청소했어요. 이따 수업 끝나면 제대로 청소할게요."

"입시반은 분위기가 완전 다르지? 매일매일 전쟁터나 다름없어."

내가 충분히 잘 안다는 듯 웃었더니 원장님이 말했다.

"그러니까 그 정도만 해도 된다는 소리야."

"네. 감사합니다."

"그리고 힘들면 언제든지 말해."

원장님이 자기 할 말은 다 끝났다는 듯 커피 한 모금을 마시자 박쌤이 나섰다.

"우림아, 우리 반에 들어온 이현아 있지? 봐서 알겠지만 걔가 기초가 없어. 우림이가 이현아 기초 좀 봐주면 안 될까? 특별히 시간 내서 하라는 건 아니고 네 그림 그리다 틈틈이 봐주면 돼. 걔가 물어보면 귀찮아하지 말고 친절하게 알려 주고. 시범을 보여 줄 수 있으면 더 좋고."

내가 하기로 했던 일의 양이 방학 특강비에 못 미친다고 계산하시나, 하는 생각이 잠깐 들었지만 대답을 머뭇거리지는 않았다.

"네, 할게요."

사실 내가 하는 일에 비해 특강비 면제라는 혜택은 너무나 크다는 생각이 바로 들었기 때문이다.

"재능이 있는 아이라면 안 될 것도 없지……."

원장님은 1년이라는 기간이 결코 짧은 게 아니라는 뜻으로 말하는 것 같았다.

"미술을 안 해 봐서 그렇지 혹시 잠재력이 있을지도 몰라. 그나마 다행인 것은 현아 열정이 대단해. 맘만 먹으면 안 될 것 없다는 식이야. 긍정적인 에너지가 넘치는 아이야. 우림인 친구로서 현아가 잘 적응하도록 너무 기죽지 않게만 해 주면 돼."

원장님은 한 학생이라도 잡고 싶은 마음에 이현아를 등록시킨 것 같았다. 원장님 입장을 이해 못하는 것도 아니므로 나는 알았다는 말을 남기고 돌아섰다.

원장실에서 나오자 한가희가 교실 쪽으로 걸어가다가 나를 돌아보았다.

"어, 원장실엔 왜?"

"그냥."

"너 조심해. 원장님이 젊고 너무 잘생긴 탓에 이런저런 소문이 나서 말이야."

이런 식으로 질러 말하면 당하는 사람은 펄쩍 뛰며 속을 털어놓게 된다.

"무슨 말을 그렇게 해?"

"아니, 너 요즘 원장님한테 볼일이 많은 것 같아서."

나는 한가희를 앞질러 교실로 들어왔다. 아직 저녁 시간이라 아이들이 삼삼오오 모여 수다를 떠는데 이현아는 선 긋기에 몰두하고 있었다. 얼마나 집중하는지 내가 온 줄도 모른 채. 이현아가 그린 선은 그럭저럭 반듯한 수평에 가까워져 갔다.

"열심히 하네? 저녁 시간 남았는데 좀 쉬지 그래."

이현아가 긋던 선을 마저 긋고 말했다.

"할 만하네. 이 정도는 얼마든지 할 수 있어."

"첫날부터 너무 무리하면 어깨, 팔, 손목이 3종 세트로 아프다. 아마 내일 아침에 컵도 못 들걸?"

"정말? 그랬으면 좋겠다. 그런 아픔 멋져."

아픔도 멋지다고? 재미있는 아이라고 생각하는데 이현아가 슬쩍 내 눈치를 살폈다. 무슨 할 말이 있는 것 같았다.

"뭐 궁금한 것 있어?"

"있잖아, 아까 네 그림 보고 생각한 건데……."

54

"응?"

"나 같으면 문 그림자 대신 꽃신의 앞코로 세모를 표현할 것 같아."

내가 못 알아듣자 이현아가 연습장을 꺼내어 거기에 내 그림을 대충 흉내 내며 찍찍 긋듯이 그렸다. 나는 이현아의 낙서 같은 그림을 재미있게 보고 있었다. 이현아는 그림으로는 자기 생각을 제대로 표현할 수 없다고 생각했는지 자기가 그린 그림 위에 글을 썼다.

한복 입은 여자가 문 안으로 발을 한 발 내딛는 모습. 꽃신의 앞코가 정면에서 보면 세모로 보임. 창호지와 나무의 소박한 질감에 비해 꽃신은 화려하고 아름답다.

"!"

사뿐 문지방을 넘어 딛는 꽃신의 앞코. 고민이었던 세모 이미지가 선명하게 떠올랐다. 게다가 아름답기까지 해서 오! 그럴듯해, 라고 말하고 싶었지만 실은 뒤통수를 한 대 얻어맞은 기분이 들었다. 이런 내 표정을 읽었는지 이현아가 좀 더 흥을 더해 말을 이어 나갔다.

"사실은 〈고풍〉이라는 시도 생각났다."

"?"

내가 대답을 머뭇거리고 있는 사이에 이현아가 시를 읊었다.

"분홍색 회장저고리 남끝동 자주 고름 긴 치맛자락을 살며시 치켜들고 치마 밑으로 하얀 외씨버선이 고와라."

"그 시가 생각났다고?"

"응. 나 같으면 한복으로 한국의 미를 표현할 거야. 한 복에는 원, 세모, 네모가 다 들어가 있어. 일단 고대와 깃 은 세모 꼴이잖아. 그리고 특이한 것은 한복에는 원과 네 모가 동시에 존재해. 입고 있으면 온통 원으로 보일 거 야. 배래, 도련, 섶 등. 심지어는 버선에도 원이 세 개가 있어. 그런데 여기에 반전이 있다. 한복은 네모로 이루어 진 옷이야. 모든 부분이 네모를 기준으로 해서 안쪽으로 둥글리거나 바깥쪽으로 뾰족하게 빼서 만드는 거지."

"아, 그래……."

나는 마치 다 알고 있는데 미처 떠올리지 못했다는 느 낌을 주도록 표정 관리에 신경 썼다. 그러면서도 속으로 는 적이 놀랐다. 진짜 한복에 네모가 그렇게 많은지는 더 살펴봐야 알겠지만 이현아가 입에 올린 한복 용어들과 설명은 매우 근사해 보였다.

'얘, 도대체 뭐야?'

이현아는 자기 아이디어가 그림으로 표현하기에 어떠냐고 물었다.

"좋아. 좋을 것 같아."

어떻게 그런 생각을 하게 되었냐고 묻고 싶었지만 참았다.

"나는 내 아이디어를 그림으로 표현하고 싶어. 그런데 미술 실력이 걸음마 수준이라. 뭐 실력이랄 것도 없지만……."

이현아가 속상하다는 듯이 한숨을 폭 쉬었다. 한가희와 소자영은 수다를 마치고 자리로 돌아와 다시 자기들 그림 속으로 파고들었고 나는 고민에 빠졌다.

'꽃신을 그려 넣을까?'

현아의 말대로 꽃신을 그려 넣으면 작품 완성도는 높아질 것이다. 그런데 그것은 이현아 아이디어다. 남의 아이디어를 내가 갖다 쓴다는 것, 한 번도 생각해 보지 않았던 문제인데 그 기분이 여간 고약한 게 아니다.

오이국 기분

할머니와 엄마가 거실에 서서 베란다 쪽을 보고 있었다. 나는 또 무슨 일이 벌어졌나 싶어 가슴이 철렁했다. 베란다에는 저 사람과 할아버지가 있었다.

"저게 뭐야?"

내가 물었다.

"별 보는 거란다."

할머니가 뭐 저런 쓸데없는 짓을 하고 있나, 하는 말투로 말했다. 자연인을 보면서 낭만 운운하더니 결국 천체 망원경을 산 모양이었다. 저 사람은 창문을 향해 무릎을 꿇고 망원경의 렌즈를 들여다보았고, 할아버지는 엉거주춤한 자세로 자기 차례를 기다렸다. 두 사람의 머리카락이 바람에 날렸다. 할아버지가 추운지 발을 조금 굴렀다.

"보이냐?"

할아버지가 물었다.

"자잘한 별들이 많이 보이긴 해요."

"달은 보여?"

할아버지가 또 물었다.

"달이 어디 있지?"

저 사람이 망원경의 방향을 옮겼다. 할아버지는 답답한지 창문에 바짝 다가가서 맨눈으로 달을 찾았다.

"저기 있는데 그걸로는 안 보이냐?"

"아, 제가 아직 망원경 조작법을 다 익히지는 못했어요. 아버지가 잘 볼 수 있게 세팅해서 드리려고 했는데, 그냥 이 상태로 한번 보실래요?"

저 사람이 숙였던 허리를 펴고 일어나자 할아버지가 냉큼 그 자리로 가 렌즈에 눈을 갖다 댔다. 서 있는 저 사람의 엉덩이 사이에 파자마가 집혔다.

"하나도 낭만적으로 보이지 않아. 그치? 엄마."

"……."

엄마의 눈과 입술이 동시에 일그러졌다.

"낭만이 다 얼어 죽었다. 추운데 문이나 닫고 보든지."

할머니가 깜빡 잊고 있었다는 듯 얼른 거실 창문을 닫았다. 할머니는 저 사람의 엄마니까 저런 엉덩이도 좋아할 줄 알았더니 아닌가. 할머니가 더는 보기도 싫다는 듯 주방으로 걸어갔다.

"너도 냉수 한 잔 할래?"

할머니가 엄마에게 물었다.

"아니요."

"에미야, 애비 나름대로 이겨 나가려고 그러는 거다, 하고 이해해라."

할머니가 중재하려고 슬슬 발동을 걸고 있었다.

"잊기가 힘든가 보죠. 느닷없이 별 보는 취미를 가져야 할 정도로요."

엄마가 싸늘한 말투로 대답했다.

'잘했어, 엄마. 그렇게 해. 늘 착한 척 연약한 척하지 말고 말도 좀 세게 해. 엄마가 그런 식으로 살면 사람들이 만만히 본다고. 특히 저 사람이 말이야. 저 사람뿐이겠어? 할머니, 할아버지는 어차피 저 사람 핏줄이니까 절대 엄마 편 안 들 거야. 할머니가 저렇게 틱틱거려도 결국 저 사람 쪽으로 마음이 기울걸? 언니마저 모른 척하는 것 좀 봐. 지가 아무리 공부에 열중한다고 해도 이

상황을 왜 몰라. 꼭 말해 줘야 아나. 그러니까 엄마도 이 젠 힘을 길러. 말이라도 세게 하란 말이야. 저 사람의 조 강지처요, 할아버지 할머니의 며느리요, 이 집 두 딸의 엄마잖아. 그 정도면 큰소리칠 자격 충분해.'

안방으로 들어가는 엄마 등에 대고 나는 마음속으로 '엄마, 화이팅!'을 외쳤다.

할머니는 냉수를 마시고 나는 우유를 한 컵 따랐다. 우 유를 막 마시려고 하는데 거실 창문이 열리면서 저 사람 과 할아버지가 들어왔다. 저 사람이 나를 보더니 활짝 웃 으면서 말을 붙였다.

"아빠가 천체 망원경 샀다. 한번 볼래?"

목소리까지 들떠 있었다.

"……."

나는 그냥 우유를 쭉 들이켰다. 우유를 마시느라 대답 을 못 하는 것으로 가장하고 싶었는데 그게 통했는지 저 사람이 별로 기분 나빠 하지 않았다. 나는 우유를 들이켜 고 싱크대로 가서 컵을 닦았다. 저 사람하고 상대하기 싫 어 안 하던 설거지까지 하는 사이에 저 사람은 소파에 앉 아 텔레비전 리모컨을 조작하고 있었다. 그 모습을 보고 있자니 문득 정말 저 사람 불륜남 맞아? 하는 생각이 들었다. 그 일이 자기랑 전혀 상관없다는 듯 아니면 까마득히 옛날 일이라 다 잊었다는 듯한 저 표정은 뭐지. 심지어는 우리 가족들도 그 일을 다 잊었다고 생각하는 것 같았다. 이런 식으로 자기에게 불리한 일은 빨리 잊어버리는 것이 저 사람의 사는 방식인가? 아니면 뻔뻔하게 사는 게 합리적이라고 생각하는 걸까?

'합리화……'

저 사람이 하는 일은 공장 합리화다. 작업 과정에서 시간과 비용을 가장 합리적으로 계산하여 제품을 생산하게끔 도와주는 일이다. 그러다 보면 인원을 감축하는 일도 해야 한다. 회사 내부인이 하기 곤란한 일을 맡아서 대신해 주는 일이랄까. 잘린 사람이 한마디 불평도 할 수 없게끔 완벽한 해고 데이터를 만들어 내는 전문가. 갑자기 직원을 수십 명 자르고도 아무 일 없이 공장이 잘 돌아가면 저 사람은 박수를 받는다. 그 박수는 재계약으로 이어지고 시간당 보수가 껑충 뛴다. 20년간 그 일을 꾸준히 해 왔으니 저 사람은 합리화 전문가다. 하는 일이 그렇다 보니 본인 사생활에도 그 합리화 기법을 적용했을 것이다. 그런데 불륜은 공장 작업과는 달라서 자기 데이터대로 계산하기가 힘들었을 것이고, 결국 불발되자 전문 지식 같은 것은 집어치우고 비합리적인 방법을 쓸 수밖에 없었을 것이다. 그래서 사용한 방법은 뻔뻔함이 가미된 모르쇠 작전이다. 가장이라는 특수한 입장 덕인지, 팔은 안으로 굽는다는 만고의 진리가 통했는지, 가정에서 퇴출되는 사태는 막을 수 있었다. 하지만 그 일이 있기 전으로 돌아가기에는 부족한 감이 있어 방향 전환 기법으로 취미를 동원한 것이다. 취미의 효과는 불미스런 지난날을 잊으려고 노력하는 모습을 보여 주기 위함이다. 만에 하나 진짜 취미 생활을 하고자 하는 의도도 완전히 배제할 수는 없겠지만. 사람이 어떻게 일만 하고 사냐, 취미 생활도 하면서 마음의 여유를 가져야 한다는 할아버지의 말에 의하면 말이다. 어쩌면 그 말은 불륜에 대한 합리화도 될 수 있다. 그동안 취미 같은 것도 없이 너무 일만 했으니 그 정도는 할 수 있지 않냐는. 여기에는 이젠 제대로 된 취미를 찾았으니 앞으로는 그러지 않을 거라는 기대 효과도 내재되어 있다.

"얼마 줬냐?"

할아버지가 합리화를 위해 쓴 비용을 물었다.

"얼마 안 해요. 전문가용은 비싼데 초보자용으로 샀어요. 2백50만 원."

"이왕 사는 거 전문가용을 사지. 난 그걸로 달도 못 찾았다. 맨눈으로는 보이는데 그걸로는 안 보여."

할아버지 말이 끝나기가 무섭게 할머니가 쏘아붙였다.

"맨눈으로 보이는 달도 안 보이는 것을 2백50만 원이나 주고 사? 돈이 썩어 나는구나."

"엄마, 내가 보는 법 배워서 엄마도 보게 해 드릴게요. '별 헤는 밤'이라는 동호회도 가입했어요. 거기서 이것저것 가르쳐 주고 회원들이 모여서 별 보러 여행도 간다던데. 나중에 내가 별 사진 찍어서 보여 드릴 테니. 기대하고 계세요. 이거 좋은 취미 같아요."

"여행도 가냐? 암, 사람이 여행도 가고 그래야지."

할아버지 말끝에 주방에서 컵 닦는 소리가 요란하게 들렸다.

"여행 같은 소리 하고 있네."

할머니가 중얼거렸다. 중얼거리는 소리가 생각보다 커서 거실에 있던 사람들이 다 들을 만했다. 저 사람과 할아버지의 만담, 그리고 마치 누구 들으라는 듯이 구시렁대는 할머니. 헛웃음이 나는 걸 참고 내 방으로 들어왔다. 솔직히 말하면 저 사람이 2백50만 원이라고 말할 때 돈 생각을 했다. 8년간 그 여자에게 들어간 돈은 얼마쯤 될까. 밥 사 주고, 선물 사 주고, 여기저기 데리고 다니느라 쓴 기름값, 그리고 모텔비……. 어쩌면 천체 망원경 2백50만 원은 8년간 들인 돈에 비하면 새 발의 피일지도 모른다. 의심이 끝없이 번져 갔다. 그 여자와 같이 살려고 집을 마련해 놓았을지도 모른다는 지점까지 와서야 정신이 들었다.

'아, 내가 왜 이러지.'

가능하면 저 사람에 대해 생각하지 말자고 다짐하고 다짐했건만. 마인드 컨트롤이 필요했다. 나는 애써 미술학원으로 관심을 돌렸다. 그러고 보니 이현아 아이디어가 떠올랐다. 이현아는 내가 생각지 못했던 것을, 아니 내 생각의 범주에 있지 않은 것을 슬쩍 내 앞에 내밀었다. 따지고 보면 그것이 아주 특별한 것은 아니다. 마치 지천에 있지만 이현아 눈에만 보이는 나뭇잎 한 장 같은 것이다.

'나는 왜 그런 생각을 못했을까?'

한복에서 원, 세모, 네모를 다 찾아내다니. 이현아가 한복 이야기를 할 때 나는 저고리 고름을 생각했다. 고름만으로도 네모 표현이 가능하니까. 그 정도 발견만으로도 감탄스러웠다. 그런데 이현아가 한 말 중에 걸리는 것이 한 가지 있었다.

'한복이 네모로 이루어진 옷이라니…….'

인터넷으로 한복을 검색해 보았다. 여러 가지 디자인의 한복이 검색되었다. 아무리 봐도 한복은 곡선미가 두드러진 옷이다. 저고리의 배래, 도련, 섶, 그리고 치맛단 역시 사람 몸을 둥글게 감싸지 않는가. 저고리 고름이나 남자 바지의 대님 정도는 네모이긴 하지만 설마 그 정도를 가지고 한복이 네모로 이루어진 옷이라는 말을 하다니. 이현아가 과장법을 쓴 모양이다. 컴퓨터 화면을 닫으려고 할 때 언뜻 한복을 재단하는 장면이 보였다. 그 화면을 클릭해 들어가 한복 도안을 크게 확대해 보았다. 그 순간 머리털이 쭈뼛 섰다. 네모로 이루어진 옷이란 말이 맞았다. 이현아 말대로 한복의 부분 부분이 모두 네모에서 시작되었다. 네모에서 둥글리면서 들어가고 네모에서 뾰족하게 나왔다는 이현아 말이 맞았다. 심지어 치마는 전체가 커다란 네모였다.

어느덧 머릿속에 이현아가 했던 말들이 이미지로 떠올랐다. 이미지는 당장이라도 스케치북을 열어 그릴 수 있을 정도로 선명해졌지만 굳이 그리고 싶지는 않았다. 어차피 이현아 아이디어라서 그려 봤자 내 그림이라고 펼쳐 보일 수도 없는 일이다. 그런데 잊으려 해도 자꾸만 이현아 아이디어가 떠올랐다.

다음 날은 학교 보충수업을 제대로 다 듣고 학원으로 향했다. 내가 보조 강사를 하게 될 초등학생 수업은 오후 3시부터라 여유가 좀 있었다. 여유 시간을 이용해 작업대 위에 스케치북을 폈다. 그림을 그리자고 마음먹은 순간 떠오른 것은 딱 하나였다. 승무. 이미 머릿속에 이미지가 형상화되어 있었으므로 4B 연필은 거침없이 움직였다. 머리 위에서 내려다본 무희의 둥글게 퍼진 치맛자락과 넓게 펼쳐진 장삼자락. 치맛자락 아래로 살짝 들린 버선코. 배경으로 한복 도안을 깔았다. 작업은 생각보다 빨리 진행되었다. 보통은 아이디어 때문에 시간이 많이 들고, 머리가 아프고, 몸이 다는데 지금은 완벽한 아이디어가 있으니 시간을 많이 끌 일도 머리가 아프거나 몸이 달 필요도 없다. 가뿐하게 스케치를 마치고 붓을 골랐다. 치마의 자잘한 주름과 치마폭의 전통 문양은 세부 묘사로, 하얀 장삼자락과 흰 버선코는 과투시로 크고 시원하게, 배경을 이루는 한복 도안은 판타지 느낌으로 살렸다.

"차우림?"

"……."

"미안. 집중하고 있었나 보네?"

초등학생 담임인 강지영 선생님이다. 붓질을 멈추고 고개를 들었더니 어느 틈에 왔는지 초등학생 두어 명이 내 그림을 구경하고 있었다. 아이들은 자기들끼리 마주 보더니 나를 향해 엄지를 추어올렸다.

"죄송해요, 선생님. 빨리 치울게요."

허둥지둥 작업대를 정리했다. 물통에 붓들을 쓸어 넣고 막 나가려는데 강지영 선생님이 말했다.

"요즘 고2반에서 수업하는 거네?"

강지영 선생님이 스케치북을 들고 칠판 앞으로 걸어 나갔다.

"잘 그렸어. 완성하면 출품해도 되겠네."

그 순간 나는 소스라치게 놀라 소리쳤다.

"안 돼요, 선생님."

나는 들고 있던 물통을 아무렇게나 놓고 뛰어가 스케치북을 채 왔다. 그 바람에 물통이 쓰러졌다. 나는 물로 흥건해진 바닥을 내버려 둔 채 스케치북에서 그림을 뜯어냈다. 그리고 재빨리 구겨 버렸다. 물기가 채 마르기 전이라 화지가 퍽퍽 소리를 내며 공처럼 뭉쳐졌다.

"뭐 하는 짓이야?"

강지영 선생님이 놀라 물었다.

"죄송해요. 이건 제 그림이 아니에요."

"방금 네가 그렸잖아?"

죄송하다는 말밖에 할 말이 없어서 그 말만 반복하고 바닥의 물을 닦았다. 강지영 선생님은 이 상황을 이해할 수 없다는 표정으로 수업을 시작했다. 나는 강지영 선생님이 시키는 대로 아이들 사이를 돌아다녔다. 딴짓하거나 장난치는 아이들을 바로잡고, 간혹 그리기 싫어하는 아이가 있으면 뭘 그리고 싶은지 물어봐서 그 애가 원하는 것의 일부분만 그려 주기도 했다. 그러면 그 아이는 나머지 부분을 그려서 형태를 만들었다. 정신없이 60분 수업이 끝났다. 수업이 끝나길 기다렸다는 듯 강지영 선생님이 불렀다.

"우림아, 멀쩡한 그림을 왜 구겼어?"

"맘에 안 들어서요."

"내가 보기엔 대단히 독특한 분위기였어. 솔직히 입시 그림은 일정한 틀이 느껴지는데 네 그림은 한복을 소재로 해서 그런지 색감부터가 달랐어."

"……."

나 역시 그렇다고 생각했지만 이 순간만은 할 말이 없

었다.

"자기 작품에 필요 이상으로 겸손해도 좋지 않아. 지금 네가 한 행동은 겸손도 아니고 홀대였어. 이미 그려진 작품은 하나의 생명체라고 해도 과언이 아냐. 네 손을 떠나는 순간 그것은 감상하는 사람들의 몫이 되는 거야. 화가는 자기 작품을 평가받게 할 의무가 있어. 그게 자기 작품에 대한 예의야."

"……"

뜨거워진 얼굴을 숨길 길이 없어 고개를 떨어뜨렸다. 그 작품이 내 작품이라면 강지영 선생님의 말대로 당연히 평가를 받았을 것이다. 그런데 그 작품은 단지 손재주로 스케치북에 옮겼을 뿐 내 작품이라고 할 수 없다.

"흠."

강지영 선생님은 아쉬운 듯 한숨을 푹 쉬더니 교실에서 나갔다. 강지영 선생님의 뒷모습을 보고 있는데 하필 이때 할아버지가 잘 쓰는 말이 생각났다. 오이국. 오이국이 얼마나 맛없는지 모르겠지만 지금 이 기분을 맛으로 따지자면 오이국 맛이 아닐 수 없었다.

그래, 너무 맛없다.

나는 냉큼 청소함으로 뛰어가 걸레를 잡았다. 초등학

생들이 남겨 놓은 지우개 가루를 쓸어 담고 여기저기 튄 물감 얼룩을 닦아 냈다. 의자도 제자리에 밀어 넣고 화장실에 가서 걸레를 빨았다. 다음 수업 시간을 기다리는 동안 아이들이 아무렇게나 놓고 간 스케치북도 고르게 줄 맞춰 놓았다. 더 할 일이 없나 둘러보는데 스마트폰에 진동이 울렸다.

이현아   뭐 해?

이현아가 보낸 문자다. 마치 나쁜 짓 하다 걸린 사람처럼 가슴이 두근거렸다.

이현아   지금 바빠?

미처 답장도 하기 전에 문자가 또 들어왔다.

응. 쫌~   차우림

이현아   그림 그리고 있니?

그렇지 뭐^^   차우림

이현아　　그럼 바쁘겠구나.

ㅜㅜ 근데 왜?　　차우림

이현아　　걍~ 넌 이 시간에 뭐 하나 궁금해서…….

그림 실력이 어설퍼서 그렇지 이현아가 이 정도로 실
없는 아이는 아닌데. 혹시 어제 말한 아이디어를 단속하
려는 건가 싶어 가슴이 두근거렸다. 다시 생각해도 그림
을 바로 없앤 것은 참 잘한 일이다.

이현아　　우리 친구할까?

??　　차우림

이현아　　너랑 친하게 지내고 싶다고.

아, 친구~~ 좋지.　　차우림

난 또 뭐라고. 뜨끔한 가슴을 쓸어내리고 나니 문득 이
현아의 문자가 새삼스럽다는 생각이 들었다.
'왜 갑자기 이런 문자를 보내지?'

노트

이현아가 방금 원기둥 소묘를 마쳤다. 세 번째 소묘 작
품이다. 그제 아침부터 시작해서 오늘에서야, 그것도 마
지막 시간에 겨우 손을 뗐다. 이현아는 뿌듯한 표정을 지
었지만 박쌤은 숨소리를 크게 냈다. 나는 어떤 때 박쌤이
그런 숨을 쉬는지 안다. 한마디로 아쉬움이다. 이현아,
너 진작 미술을 시작하지 또는 재능이 좀 있었으면 하는.
나 역시 이현아가 그림 실력만 받쳐 주면 빛나는 아이디
어를 잘 활용할 수 있을 거라고 생각했다. 어쨌든 박쌤은
이현아가 그린 어설프기 짝이 없는 소묘에 대해 몇 마디
조언을 잊지 않았다.

"선도 하나의 면이야. 이렇게 찍 그으려면 차라리 자

대고 그리지."

만약 내가 저런 말을 들었다면 어땠을까. 생각만 해도 아찔했다.

"네에."

이현아의 대답은 생각보다 담담했다. 박쌤이 진열대에서 석고 구를 가지고 왔고 친절하게도 스케치북까지 넘겨 주었다. 원기둥 소묘를 겨우 한 장 그리고 넘어가는 것이다.

'몇 마디 조언으로 끝낼 일이 아닌데……'

내가 처음 소묘를 할 때는 원기둥만 열 장쯤 그렸다. 밑 선이 고르게 둥글지 않다고 퇴짜, 옆면의 밝고 어두운 위치가 틀렸다고 퇴짜, 명암을 넣은 선의 간격과 길이가 고르지 않다고 퇴짜, 전체적으로 입체감이 안 산다고 퇴짜. 그에 비하면 이현아의 진도는 초고속이다. 어떻게 해서든 진도를 빼서 입시 그림에 합류시키고 싶어 하는 박쌤의 의도가 보였다.

"이번엔 명암 넣는 것에 주력해 봐."

박쌤이 말했다.

"네."

기존 미대 입시생들에 비해 실력이 턱없이 모자랐지만

이현아는 별로 조급해하지 않았다. 어디 믿는 구석이 있나 싶기도 했다. 이를테면 내신이나 수능 성적으로만 뽑는 미술대학에 지원할 거라든지. 그렇다면 그림은 대학 들어가기 전에 기초만 다질 생각인지도 모른다.

"소묘, 생각보다 재밌다."

"재밌어? 난 소묘할 때 지겨웠어."

"아, 그래? 난 재미있는데."

이현아가 스케치북을 뒤로 넘기더니 다시 원기둥 소묘를 펼쳤다.

"네가 보기엔 어때?"

이현아가 봐 달라는 듯 스케치북을 내 쪽으로 밀었다. 그 순간 나에게 주어진 임무가 떠올랐다. 나는 늘 헷갈렸다. 언제 어느 때 이현아의 그림을 봐줘야 하나. 그리고 어느 정도 수준의 조언을 해 줘야 하는 건지도 쉽게 가늠할 수 없었다. 이를테면 진짜 일처럼 한다면 초등학생 반에서 보조 강사를 하는 것처럼 직접 연필을 댈 수도 있는데, 같은 공부를 하는 친구 자격이라면 기분 나쁘지 않을 정도로만 살짝 몇 마디 해 줘서 끝낼 수 있는 거였다. 그래서 궁리 끝에 나는 내 나름대로 규칙을 정했는데, 첫 번째는 내가 아무 때나 나서서 이현아의 그림을 지적하지 않고 이현아가 나에게 물어볼 때만 나서는 것이다. 그리고 두 번째는 이현아의 스케치북에 연필을 대지는 말고 말로만 조언해 주는 것이다. 대신 진심을 다해 멘토로서 역할을 다하리라. 다행히 이현아도 시도 때도 없이 나에게 스케치북을 내밀지는 않고 한 작품이 끝나고 나면 은근하게 말을 붙였다.

"전체적으로 선이 좀 거친 것 같기도 하고…….."

"그래? 아무래도 좀 그렇지? 어느 부분이 특히 그래?"

"명암. 이 부분은 평면이 아니라 곡면이잖아. 곡면 느낌이 나게 표현하려면 선이 좀 더 촘촘하고 짧아야 해."

이현아가 얼굴에 미소를 띤 채 고개를 끄덕였다. 별로 걱정하거나 초조해하지 않는 이현아가 답답했다. 나는 이현아에게 한번 둘러보라고 말하고 싶었다. 정말 미대에 가고 싶다면 이 교실에 있는 아이들만 해도 얼마나 전투적으로 그림을 그리는지 의미 있게 볼 필요가 있다. 내 표정을 읽었는지 한가희도 입술을 모아 옆으로 비틀었다. 소자영도 저래도 되는 거야, 하는 눈빛으로 이현아를 바라보았다.

"잠깐 기다려 봐."

나는 사물함으로 가서 오래전에 썼던 스케치북을 가지고 왔다. 뭐 그렇게까지 하냐는 눈빛으로 한가희와 소자영이 쳐다보았다. 나 역시 내가 오버하나, 하는 생각이 잠깐 들었다. 그러나 이왕 움직인 걸 되돌리는 건 더 이상했다. 스케치북을 넘기는데 이현아가 내 손을 잡았다.

"잠깐!"

스케치북은 원기둥 소묘에서 멈췄다. 이현아는 자기 그림과 내 그림을 번갈아 보더니 내 스케치북을 후루룩 넘겼다.

"이렇게나 많이 연습했구나?"

"······."

이현아가 존경하는 눈빛을 보냈다. 맞은편에서 한가희와 소자영이 서로 마주 보고 어깨를 으쓱했다. 당연한 것 아냐, 하는 말을 몸짓으로 나누고 있는 것 같았다.

요즘 학원 아이들은 이현아를 편하게 대했다. 보통은 학원에 새로운 인물이 오면 초미의 관심으로 예의 주시하며 그 아이의 실력을 염탐하기에 바쁘고 그 아이와 자기의 서열을 가늠한다. 그것이 입시 미술 학원 아이들만이 가진 특별한 생리다. 그런데 그동안 이현아가 보여 준 모습은 우리 학원 아이들을 전혀 긴장시키지 못했다. 그렇다 보니 좋은 점도 있었다. 이현아의 남다른 긍정적인 성격과 이 학원 어느 누구하고도 라이벌이 될 수 없는 그림 실력이 상대를 편안하게 했다. 게다가 남자아이들에게는 인기도 있었는데, 예쁘고 럭셔리하고 밝고 명랑하고 착해 보이기까지 한 이현아는 내가 보기에도 여자 친구로는 최상이었다. 그렇다고 남자아이들이 쉽게 접근해도 될 만큼 만만하지는 않았다. 그것은 여자아이들도 마찬가지였다. 이현아가 소묘를 가지고 끙끙대긴 해도 우리가 지금 그리는 입시 미술 작품에 상당한 고견을 가지고 있었기 때문이다.

지난주 수요일, 그날 그림 주제가 '세종대왕과 이순신 장군의 대화'였는데, 아이들은 대부분 광화문을 떠올렸다. 나 역시 광화문 광장을 염두에 두었는데, 백 년 넘게 차이 나는 시대에 살았던 두 위인을 대화시키기엔 광화문 광장이 제격이었다. 결국 완성된 그림도 거기서 거기였다.

"뭐 특별한 거 없냐?"

박쌤은 누구나 할 수 있는 생각 말고 다른 생각을 찾았다. 어쩌면 이 주제에는 함정이 있는지도 모른다. 다들 광화문 광장을 생각하리라는 것을 알고 낸 주제랄까.

"보이지 않는 것을 우리는 봐야 해. 그게 상상력이야. 상상력은 그림만 그린다고 얻어지는 것이 아니고 평소에 경험을 많이 해야 하는데, 우리가 알고 있듯이 경험에는 직접경험과 간접경험이 있어. 직접 다 경험할 수는 없으니 간접경험을 할 수밖에 없는데, 가장 좋은 간접경험이 뭘까?"

누군가 재빨리 독서라고 말했다. 안 그러면 박쌤의 장황한 사설을 들어야 하기 때문이다. 자기 말이 잔소리 취급받는다는 사실을 눈치챈 박쌤이 느닷없이 이현아를 불렀다.

"현아야, 너는 이 주제를 어떻게 표현하고 싶니?"

이현아가 망설임 없이 말문을 열었다.

"출전을 앞둔 이순신 장군이 세종대왕과 마주하는 장면을 상상해 봤어요. 이순신 장군이 예의를 갖추기 위해 무릎을 꿇은 자세로 장검을 칼집에서 빼 보이는데요."

이현아는 이해를 돕기 위해 4B 연필을 가지고 시범을 보여 주었다. 장검을 빼 보인다는 것은 장검을 양손으로 잡고 칼집에서 칼을 두 뼘 정도 뺀 자세였다. 이현아는 4B 연필을 왼손으로 옮겨 잡더니 오른손으로 글씨 쓰는 시늉을 했다.

"세종대왕이 붓으로 칼날에 한글을 쓰는 거죠. 15세기 훈민정음체로 쓰면 더 좋고요. 그 글귀도 생각해 보았어요. 백성이 있어야 나라가 있고 나라가 있어야 임금이 있다. 그러니까 백성을 위해 싸워 달라는 의미죠."

"칼날에 한글을 쓴다? 잘만 표현하면 좋은 작품 나오겠다."

박쌤은 이현아 아이디어에 만족해했고 아이들도 대부분 고개를 끄덕였다. 나는 이현아의 발표를 들으며 내 그림에서 부족한 2퍼센트를 발견했다. 그 2퍼센트는 나랑 다른 길을 걸어온 이현아에게 답이 있었다. 이현아가 내 소묘를 보고 존경의 눈빛을 한 것처럼 실은 나도 이현아의 상상력에 존경을 보냈다. 형체를 알 수 없는 상상력은 오로지 이현아의 머리에서만 살아 꿈틀거리는 묘한 녀석 같았다. 그림 실력은 지금의 나나 우리 미술 학원 아이들처럼 연습이 쌓이면 언젠가는 잘 그리는 경지에 도달할 것이다. 그러나 이현아가 가진 그 묘한 녀석은 쉽게 잡힐 것 같지가 않았다. 그게 공부해서 될 일이 아니지 않은가. 박쌤 말마따나 독서를 하면 길러지려나. 독서가 답이라 할지라도 하루아침에 책 몇 권 읽는다고 될 일은 아니고 오랜 세월 쌓인 독서라야만 가능하다. 이현아는 이미 그게 되어 있는 아이였다. 잘 가꿔 놓은 정원 같다고나 할까. 어떤 테마가 주어지든 그 정원에만 들어가면 뽑아 쓸 소재가 준비되어 있어 보였다.

수업 시간이 끝나 갈 무렵에 이현아가 말했다.

"오늘 집에 같이 갈까? 내가 기다릴게."

이현아도 내가 학원에서 아르바이트하는 것을 알았다. 사실 일주일 만에 거의 모든 아이가 다 알아 버렸으니까 이상할 것도 없었다. 이현아가 학원 로비에 가서 기다리겠다고 했다.

"30분이나 어떻게 기다려? 너무 늦잖아."

"그런 걱정은 하지 않아도 돼."

"너희 부모님은 밤길 귀가 걱정 안 하시니? 우리 엄마는 밤 9시에 끝난다고 하니까 엄청 걱정하셨어. 처음엔 버스 정류장에 나와 기다리셨다니까. 그러니까 너도 엄마 걱정시키지 말고 얼른 집에 가. 네가 기다리고 있다고 생각하면 내가 부담스러워서 일을 못해."

"……."

이현아는 나에게 할 말이 있는 듯 조금 머뭇거리다가 가방을 챙겨 들고 나갔다. 무슨 말일까 궁금했지만 나도 빨리 일을 마치고 집에 가야 해서 이현아랑 시간을 보낼 수가 없었다. 그런데 오후 내내 붙어 있었는데 무슨 말을 지금에서야 꺼내려는 걸까. 이현아의 뒷모습을 다시 한 번 보는데 이현아도 되돌아보는 바람에 눈이 마주쳤다. 나는 어색하게 손을 흔들었다. 이현아를 보내 놓고 부리나케 복도로 뛰어나갔다. 교실마다 돌아다니며 작업대에 버려진 휴지며 물통 따위를 치웠다. 문단속까지 마치고 막 학원에서 나오려는데 이현아한테서 문자가 왔다.

이현아　내일 우리 집에 올래?

집이 어딘데?　차우림

이현아　청명.

우리 집이랑 머네ㅠㅠ　차우림

우리 집에서 청명역까지 가려면 일단 마을버스를 타고 성대역까지 가야 하고, 성대역에서 지하철로 30분쯤 가야 한다. 갈아타는 시간에 걷는 시간까지 합하면 이래저래 한 시간 반은 걸릴 것이다.

이현아　2시까지 와. 내가 청명역 1번 출구에서 기다릴게.

이현아는 자기 볼일로 나를 보자고 하는 거면서 나더러 자기 집으로 오라고 했다. 내가 그렇게 쉽게 보였나? 오라고 하면 오고 가라고 하면 가게? 살짝 기분이 나빠졌다.

> **문자로 하면 안 돼?**　차우림

이현아　**문자로는 좀 그래.**

> **?**　차우림

문득 전에도 이런 문자에 기분이 나빠졌나, 하는 생각이 들었다. 전에는, 그러니까 집안에 그런 일이 없었을 때는 친구가 놀러 오라고 하면 말투에 상관없이 좋아서 '오키'를 연발했다. 그저 좋았으니까. 지금은 내가 봐도 많이 예민해졌다. 터무니없게도 원장님과 이현아 사이에 모종의 계약이 있었나, 하는 생각까지 들었으니. 이를테면 내가 이현아 그림을 봐주는 것이 단순 조언이 아니라 주종 관계로서의 의미도 있을지 모른다는. 그건 너무 많이 간 건가. 내가 만나길 꺼린다는 것을 느꼈는지 이현아가 문자를 보내지 않았다. 슬슬 이현아에게 미안한 생각이 들 무렵 문자가 왔다.

이현아   긴히 할 말이 있어서 그래.
          미안하지만 네가 우리 집으로 오면 좋겠어.

　나에게 무슨 긴히 할 말이 있다는 건가, 궁금증이 일어나는 가운데 토요일에 집에 있을 생각을 하니 답답했다. 토요일마다 회의가 있다고 나가던 저 사람이 요즘은 한 발자국도 집에서 나가지 않는다. 나는 8년간 있던 토요일 회의가 새빨간 거짓말이었다는 사실을 몸소 보여 주는 것 같아서 화가 나는데 엄마와 할머니는 오히려 안심하는 눈치였다. 할아버지는 남자가 기죽어 살면 못 쓴다고 슬쩍슬쩍 아빠의 옆구리를 쑤셔 댔다. 그럴 때마다 저 사람은 별자리 관찰하러 영월에 갈 거라느니 하남에 갈 거라느니 하면서 계획을 무성하게 짜는 눈치였지만 아직 실행은 못하고 있었다. 집안 분위기는 뻔뻔한 사람과 그렇지 못한 사람이 만들어 내는 어정쩡함으로 가득했다. 나는 그런 분위기도 그런 공기도 딱 싫다. 차라리 안 보는 게 낫다 싶어 이현아의 제안을 승낙해 버렸다.

토요일, 나는 약속한 시간에 맞춰 청명으로 향했다. 청명역 1번 출구로 나갔더니 이현아가 기다리고 있었다. 순전히 내 느낌이지만 이현아가 긴장한 것처럼 보였다. 나는 속으로 너답지 않게 왜 그래, 하고 이현아를 보며 웃었다. 내 딴에는 활짝 웃었는데 별 효과는 없었다. 이현아는 따라오라는 듯 앞서 걸었다. 우리는 아파트 단지를 지나 청명산 아랫길로 접어들었다. 얼마간 걷자 의외로 농촌 풍경이 펼쳐졌다.

"다 왔어."

이현아가 멈춰 선 곳은 우리 아파트 단지 정문만큼 큰 대문 앞이었다. 아파트 단지 뒤에 시골 마을이 있다는 사실도 놀라운데 이런 시골에 으리으리한 저택이 있다는 것은 더욱 놀라웠다. 이현아는 앞장서서 걸으며 따라오라고 했다. 대문 안으로 들어선 우리는 여남은 계단을 오른 끝에 잔디밭을 밟게 되었고, 잔디 위에 징검다리처럼 띄엄띄엄 놓인 돌을 스무 개쯤 디뎠을 때 마침내 2층짜리 저택의 현관에 다다랐다. 이현아는 집 안으로 들어가자마자 나를 계단으로 이끌었다.

"이쪽으로."

이현아는 2층에 있는 여러 방 중 하나 앞에서 문을 열고 내가 들어가기를 기다렸다. 방은 우리 집 거실보다 두 배쯤 컸는데, 그 큰 방에는 도서관을 방불케 하는 책이 진열되어 있었고 한쪽에는 그림을 그릴 수 있도록 커다란 테이블이 있었다. 테이블 위에는 최고급 제품의 붓과 물감이 깨끗한 상태로 질서 정연하게 진열되어 있었다.

"대단해. 집 안에 화실을 꾸며 놓다니."

이현아는 맘껏 구경하라는 듯 문 앞에 서 있었다. 이현아가 테이블로 가 의자를 빼 앉는 것을 보고 나는 서가 쪽으로 걸어갔다. 책장에 꽂혀 있는 세계 여러 나라의 디자인 잡지는 우리 학원에 비치된 책들보다 그 종류가 훨씬 많았다.

"언제든지 와서 봐도 돼."

"아, 정말?"

내가 디자인북 한 권을 뽑아 들고 오자 이현아가 손으로 맞은편을 가리켰다. 이현아가 시키는 대로 테이블을 돌아 의자에 앉았다. 황홀한 표정으로 책장을 넘기고 있는데 이현아가 말했다.

"너도 책을 좋아하니?"

문득 이현아가 말하는 책이 무엇을 의미하는지 헷갈렸다.

"책이라기보다 이미지를 좋아하는 것 같아."

말하면서 지금 보고 있는 페이지를 이현아에게 들어 보였다.

"나는 책 읽고 공상하고, 그 공상을 글로 표현하는 것이 재미있어."

"글로?"

글이라는 말이 낯설게 들렸다. 이현아가 말하는 책이란 글로 표현된 것인데, 생각을 표현하는 도구로 글도 있다는 사실이 새삼스러웠다.

"나 이래 봬도 작가야. 인터넷에 웹 소설을 연재하고 있거든. 너 같은 그림쟁이가 들어는 봤나 모르겠다. 스미레라고."

"스미레? 스미레를 왜 몰라. 얼마나 유명한데. 스미레가 너야?"

"응."

"난 일본 작가인 줄 알았어."

"엄마는 나한테 문과에 진학하라고 하는데 글로 내 생각을 표현하는 것은 나에게 더 이상 매력을 끄는 분야가 아냐. 이젠 그림으로 표현해 보고 싶어. 스케치북 한 장에 표현되는 생각이라, 멋지잖아. 내가 좀 더 일찍 그런 생각을 했더라면 얼마나 좋았을까."

나는 이현아가 무슨 말이 하고 싶어서 이토록 자기소개를 정성껏 하는지 궁금해졌다.

"무모하다고 생각하니?"

"솔직히 너 같은 경우는 처음 봐. 너도 알다시피 너 이외에 우리 교실에 신입생이 없잖아."

"지금 우리 나이 때에는 자기가 잘하는 걸 공부하는 게 효율적이지. 그게 시간, 비용, 에너지를 절감하는 길이니까. 그런데 꼭 남들이 하는 대로 살 필요 있나? 돌아가든 질러가든 내가 행복하면 되지. 나는 지금 그림 공부를 하고 싶어. 가능하면 미대도 가고 싶고."

이현아가 책꽂이로 가서 파일 한 권을 빼 왔다.

그때 마침 흰 앞치마에 머릿수건을 한 아주머니가 들어왔다. 아주머니는 주스, 빵, 과일 등이 예쁘게 담긴 쟁반을 테이블 위에 놓고 나갔다.

"먹으면서 얘기하자."

이현아가 내 쪽에 주스 컵을 놓아 주고 자기도 한 모금 마셨다.

"무슨 파일이야?"

왠지 그렇게 물어야 할 것 같았다.

"아, 이거?"

이현아는 기다렸다는 듯이 파일을 내 앞에 내밀었다.

"공모전에 대한 정보를 모아 두는 파일이야."

"공모전?"

나도 모르게 뜨악한 표정이 지어졌다.

"말도 안 되는 거 알아."

이현아가 파일을 열어 나에게 주었다. 올해 들어 열리는 첫 공모전인 'Y 장학 재단 디자인 공모전' 요강이었다. 옆쪽엔 A4 한 장을 꽉 채운 글이 끼워져 있었다.

"너도 알고 있겠지만 응모 분야가 두 가지야. 기초 디자인 분야는 주제가 사계절 이미지를 표현하는 것이고, 발상의 전환 분야는 곤충과 산업혁명이야."

이현아가 파일에서 A4지를 꺼내 내밀었다. 읽어 보라는 뜻 같아서 대충 훑어보니 공모전 주제와 관련된 아이디어를 정리해 놓은 글이었다. 실은 나도 이 공모전 주제를 구상하는 중이었다. 기초 디자인은 자연 이미지로 작업하리라 생각해 둔 상태였고, 발상의 전환은 아직 아이디어가 잡히지 않아 고심 중이었다.

이현아 아이디어는 확실히 달랐다. 사계절 이미지는 장터에서 과일 파는 할머니 이미지를 구현해 놓았고, 발상의 전환은 쇠똥구리와 자동차를 연결시켜 놓았다.

"미대에는 가고 싶은데 미술에 재능이 없다는 거 알아. 재능도 없는데 시작도 너무 늦었어. 이미 4, 5년 이상 그림을 그려 온 너희들과 입시를 치른다는 것은 계란으로 바위 치기지."

"……."

이현아가 사뭇 표정을 바꾸더니 툭 던지는 말투로 말했다.

"네가 좀 도와줘. 아이디어는 내가 줄게."

"?"

그 짧은 순간에 나는 이현아를 보면서 '한국의 미' 그림을 떠올렸다. 물론 바로 구겨 버렸지만 그 그림을 그렸다는 것만으로도 양심의 가책을 느껴 한동안 가슴이 두근거리곤 했다. 한편으로는 이현아 아이디어가 탐나서 속상했다. 그런데 지금 이현아가 나에게 아이디어를 준다고 한다.

"도대체 무슨 말을 하는 거야?"

"무조건 그려 달라는 게 아냐."

드디어 이현아 입에서 구체적인 말이 흘러나왔다.

"수시 모집으로 미대에 들어가려면 수상 실적이 필요하잖아. 내가 알아보니 실기 대회도 많고, 공모전도 많더라. 공모전은 작품을 우편으로 출품하는 시스템이지. 그래서 미안하지만 공모전은 나에게 양보해 달라는 거야."

"그러니까 공모전에 출품할 때 현아 네 이름으로 출품하자는 거야? 그림은 내가 그리고?"

이현아가 고개를 끄덕였다.

"나는 어떡하고? 나도 스펙 필요해!"

"넌 실기 대회에 나가면 되지."

"실기 대회에 나간다 해도 상을 탄다는 보장이 없기 때문에 고3 때는 이것저것 닥치는 대로 다 참여해야 해."

"네가 수락하면 돈으로 보상해 줄 거야."

"돈으로 보상해 준다고?"

"응. 수상을 하면 더 많이 줄 생각이야. 네가 만족할 만한 금액으로 얼마든지."

얼마든지라니, 이현아의 가정 형편상 '얼마든지'라는 말은 절대 공수표가 아닐 것이다. 하지만 이건 아니지 않나. 이현아는 자기 뜻을 관철하기 위해 달콤한 미끼를 자꾸만 던졌다. 내가 이 일을 수락하든 안 하든 오늘 한 말에 대한 비밀 유지 비용을 지불하겠다며 미리 준비한 듯 흰 봉투를 꺼냈다. 내가 부담을 느낀다고 생각했는지 이현아가 마치 나를 배려해 주는 양 한마디 더 보탰다.

"이건 계약이니까 네가 싫으면 안 해도 돼. 단 안 하더라도 오늘 내 말은 묻어 둬야 하겠지."

이현아가 비밀을 한 번 더 강조하며 봉투를 내 앞으로 밀었다. 아무리 돈이 궁해도 그렇지. 또 친구 사이에 비밀 보장은 흔히 있을 수 있는 일인데 돈으로 입막음하려는 이현아의 태도는 옳지 못해 보였다.

나는 봉투를 이현아 쪽으로 밀어내며 물었다.

"혹시 원장님이나 박쌤도 이 일 알아?"

"아니. 절대로. 이 일은 너랑 나, 둘만 알아야 해."

이현아가 손가락으로 나와 자기를 번갈아 가리켰다.

탁란

저녁을 먹고 나자 저 사람이 주섬주섬 배낭을 싸더니 베란다에 설치해 놓은 천체 망원경을 접어 케이스에 집어넣었다. 지난주 토요일엔 밤에 출발해서 일요일 아침에 오더니……. 오늘은 짐이 꽤 큰 걸로 보아 길게 가는 모양이다.

"또 별 여행 가냐?"

할머니가 물었다.

"오늘은 영월로 가요. 1박하고 올 거예요."

저 사람은 들떠서 배낭에 이것저것 쑤셔 넣었다. 할머니가 저 사람 옆으로 가 툭툭 치면서 설거지하는 엄마에게 가서 무슨 말이라도 하라는 신호를 보냈다.

"어젯밤에 허락받았어요."

저 사람이 주방 쪽을 힐끔 넘겨보며 누나의 허락을 구하는 남동생처럼 말했다. 유인정이라는 여자가 찾아왔을 때도 그런 생각이 얼핏 들었다. 저 사람은 엄마를 배우자보다는 그저 가족 구성원으로, 그중 누나 정도로 보는 것 같았다. 그래서 다른 여자랑 사랑했으면서도 그다지 죄책감이 들지 않는 것일까.

"잘하는 거여. 사람이 가끔 여유를 즐기기도 해야지."

할아버지는 여전히 저 사람을 부추겼다. 할아버지가 터무니없이 저 사람을 응원하는 말을 할 때마다 엄마가 신경 쓰였다. 설거지를 끝낸 엄마가 앞치마를 벗고 전혀 개의치 않는다는 듯 안방으로 들어갔다.

"트레비나 볼까?"

저 사람이 나가자 할아버지가 텔레비전 리모컨을 찾아 들었다. 기껏 찾아낸 프로가 〈세상에 이런 일이, 자연인〉이다. 자연인이 끓는 물속에 말린 뿌리를 한 움큼 넣는 장면이 나오자 할머니가 소파에서 일어났다.

"삼계탕 해 먹을 건가 보네."

할머니가 뻔하다는 듯 말하며 주방 쪽으로 걸어갔다.

"나도 저런 산이 있으면 움막 짓고 산삼 캐 먹으면서

살고 싶단 말이야."

할아버지 말에 할머니가 몸을 휙 돌렸다.

"멀쩡히 있던 선산 날려 먹은 사람이 누군지 기억 안
나우? 사람이 늙으면 기억력만 없는 게 아니라 양심도
없어지나 보네. 어떻게 뻔뻔스럽게 산 타령을 하셔? 세
상에 한두 번도 아니고 내가 지금 몇 번째 듣는 거야, 그
소리를."

할아버지가 펄쩍 뛰며 말했다.

"아녀. 당신이 오해한 거여. 그 선산은 성 여사한테 사
기당한 거 아녀."

할머니가 아직 거실에 있는 나를 발견했다.

"이젠 체면도 없나 봐. 손녀 앞에서 별소리를 다하네."

할아버지는 꿀을 잔뜩 입에 문 사람처럼 꿍얼꿍얼하면
서 다시 자연인에 열중했다. 할아버지를 닮은 저 사람 때
문에 엄마도 할머니처럼 벅벅 소리 지르며 살아야 하는
건가. 엄마는 할머니랑 다르게 살면 좋을 텐데…….

"사람 맴을 진흙탕으로 만들어 놓고 지 혼자 별 타령
하러 나가 버리는 게 맞는 거냐? 어떡하든지 에미 맘을
녹이려고 노력해야 할 것 아녀. 내 아들이지만 생각이 짧
어도 너무 짧어."

저 사람이 있을 땐 한마디도 못하면서 왜 하필 내 앞에서 풀어놓는 건지. 할머니에게 그런 말은 저 사람에게 직접 하라고 말할까 하다가 그만두었다. 나는 지금 중차대한 문제를 결론 내야 하기에 할머니의 수다를 더 들어 줄 수가 없다. 소파에서 일어나려는데 할머니가 또 중얼중얼했다.

"이러다 우리 에미 우울증 걸리지. 우울증이 을마나 무서운 병인디…….."

할아버지는 못 들었는지 아무 반응이 없다. 할아버지 반응이 신통치 않으니까 할머니가 목소리를 더 크게 높였다. 우울증이 그렇게 무서운 병이라면 내 중차대한 문제는 잠깐 뒤로 미루고 엄마에게 가 봐야 할 것 같다. 내가 안방으로 가니까 할머니가 잘하는 짓이라는 듯 턱으로 안방을 가리켰다.

"엄마, 뭐 해?"

"응, 들어와."

엄마는 침대에 걸터앉아 문화센터 강의 목록을 보고 있었다.

"뭐 배우려고?"

"글쎄."

강의 목록을 훑어보니 커피 바리스타 과정이 있었다. 그것을 본 순간 '오후가비'가 생각났다. 그 카페에서도 아주머니가 커피를 내렸다.

"커피 바리스타 과정 어때?"

"그것도 좋겠다."

엄마가 문화센터 목록표를 접더니 한숨을 쉬었다.

"우림아, 아빠가 진짜 별 보러 가는 걸까?"

"별 헤는 밤 동호회에 가입했다고 했잖아. 회원들끼리 여행 가는 것 같아."

"맞겠지?"

"내가 생각하기엔 말이야. 그 여자가 우리 집에 찾아온 건 두 사람 사이가 틀어졌다는 징조야. 아빠가 그 여자에게 이별을 고했다거나. 그랬으니까 그 여자가 그런 도발을 한 거 아닐까? 내 말은, 이미 아빠는 그 이상한 관계를 정리하려고 준비하고 있었다는 거지."

이 말은 순전히 친구들의 러브 스토리에서 착안했다. 두 사람이 한창 좋아서 만날 때는 세상에 자기 둘만 사는 것처럼 행복에 겨워하다가 어느 정도 시간이 흐르면 50퍼센트는 헤어짐을 맛본다. 그때 느닷없이 이별 통보를 받은 아이들의 행동 양상을 보건데, 처음엔 상대에게 매달린다. 그게 통하지 않을 때는 너 때문에 우울증 걸렸다느니 죽고 싶다느니 하면서 협박 비슷한 것을 한다. 해도 해도 안 될 경우엔 얌전히 이별을 받아들이는 경우도 있지만 많은 수가 상대를 비방하면서 시간을 흘려보낸다. 이런 상황이 저 사람의 연애에도 적용될지 모르겠지만. 부디 이별의 뒤끝이길 속으로 빌어 보는 바이다.

"그런 거겠지?"

엄마도 그렇게 믿고 싶은 건지 동의하는 모양이다. 엄마 얼굴에서 불안한 표정이 조금은 걷혔다.

"우림아, 엄마 춤 배울까? 벨리댄스 같은 거."

"엄마가?"

나는 일어나려다 다시 침대에 걸터앉았다.

"신나고 재미있는 거 하고 싶어."

벨리댄스 하는 모습을 상상했는지 엄마가 수줍은 표정으로 웃었다.

"엄마는 날씬해서 벨리댄스 의상 입으면 진짜 잘 어울릴 거야."

내가 벨리댄스 흉내를 내며 허리를 돌리니까 엄마가 또 웃었다. 나는 엄마도 한번 해 보라고 졸랐다. 엄마가 마지못해 일어나 어설프게 엉덩이를 움직였다. 우리는 마주 보며 깔깔 웃었다. 거의 한 달 만에 보는 웃음이다.

쿵쿵쿵―.

엄마랑 허리 돌리는 연습을 신나게 하고 있을 때, 현관문을 두드리는 소리가 요란하게 났다. 이 밤에 누구지. 초인종도 아니고 주먹으로 문을 두드리는 사람이란 대부분 따지러 오는 사람일 텐데 그럴 사람이 우리 주변에 있나? 있다면 그 여자밖에 없는데 설마 또 왔을까. 할아버지가 맨 먼저 인터폰을 확인했다.

"아니, 저 여편네가 또 왔네?"

쿵쿵쿵―.

또 현관문 두드리는 소리가 들렸다.

"우림아, 아빠에게 연락해."

엄마가 하얗게 질린 얼굴로 말했다.

"경찰 부를게."

하지만 할아버지가 경찰보다 저 사람에게 연락하는 게 낫다고 했다. 나는 그러고 싶지 않으니 하고 싶으면 할아버지가 직접 전화하라고 버텼다. 어쩔 수 없이 할아버지가 전화기를 들고 방으로 뛰어 들어갔다. 그때 밖에서 그 여자 목소리가 들려왔다.

"드릴 말씀이 있어요. 문 좀 열어 주세요."

할머니가 인터폰에 대고 말했다.

"남부끄럽게 이게 무슨 짓이야? 당장 내 집 앞에서 썩 사라져욧!"

"그럼 여기서 큰 소리로 떠들까요?"

그때 할아버지가 방에서 나왔다.

"빨리 문 열어 주지? 동네에 소문 다 나겠네."

할아버지가 현관문 쪽으로 걸어갔다. 또 그 여자를 집 안으로 들이는 어처구니없는 일이 벌어지나 싶어 이젠 겁까지 났다.

"할아버지, 경찰에 신고하는 게 나아요."

밖에서 우리가 하는 말을 듣고 있는지 경찰이라는 소리에 그 여자가 반응을 보였다. 빨리 문을 안 열면 가만 안 있겠다면서 저 사람의 이름을 크게 불러 댔다. 엄마는 양 팔뚝을 감싸 쥐더니 소파로 가 앉았다.

"문 안 열어 주면 저러고 계속 떠들 거여. 내가 저런 여자들 특징을 잘 알아. 차라리 집 안으로 들여서 조용히 얘기해서 보내는 게 나아."

"퍽도 잘 알겠소."

할머니가 빈정거렸다.

"지금 그럴 때가 아니라니까 그러네."

할아버지 호통에 할머니는 입을 합 다물더니 엄마 곁으로 가 앉았다. 할머니가 엄마에게 안방에 들어가 있으라고 했다. 엄마는 크게 심호흡을 하더니 일어나 오히려 할아버지와 할머니에게 방에 들어가 있으라고 했다. 나에게도 방에 들어가라는 눈총을 주었다. 차라리 잘됐다 싶었다. 방에서 있다가 심상치 않으면 바로 경찰에 연락하겠다고 맘먹고 방으로 들어왔다. 방에 들어오자 곧바로 현관문 열리는 소리가 들렸다.

"차동승 씨, 동승씨."

문 열리기만 기다렸다는 듯 여자 목소리가 성큼 안으로 들어왔다.

"그 사람 집에 없어요?"

여자는 마치 넝쿨처럼 슬금슬금 들어와 자기 자리를 잡을 것이다.

"그 사람? 당신의 그 사람은 지금 여기 없으니 그 사람에게 할 말이면 직접 찾아가서 하세요."

고무적이게도 엄마 목소리였다. 목소리가 떨렸다는 것이 흠이지만 여자를 경멸하고 있다는 느낌은 충분히 표현되었다. 할머니 목소리도 끼어들었다. 할머니는 할아버지에게 쓸데없이 문을 열어 줬다고 타박했고, 할아버지는 일은 대화로 풀어야 한다고 했다. 여자는 빳빳이 세운 덩굴손을 척 내뻗듯 그 사람 이름을 외쳐 불렀다.

"동승 씨, 동승 씨!"

"닥쳐. 그 이름 함부로 부르지 마."

엄마도 만만치 않았다. 엄마가 한 말이 진짜 맞나 싶을 정도였다. 이 정도면 여자가 넝쿨을 주섬주섬 끌어모아 나갈 법도 했다. 오래가지 않아 여자가 퇴장하겠지, 하고 기다리는데 여자가 폭탄 발언을 했다.

"저 임신했어요."

내가 잘못 들었나 싶어 방문을 열었다. 그 사람인가 싶었던지 여자가 휙 돌아보았다. 나는 여자에게 엄마가 했던 것처럼 닥치라고 말하고 싶었지만 차마 그러지 못했다. 엄마는 신음 소리를 내며 손바닥으로 이마를 짚었고, 할아버지와 할머니는 맥이 풀린 듯 멍하니 앉아 있었다. 여자는 아랑곳하지 않고 그 사람은 집에 없냐고 또 물었다. 기세가 등등했다.

"엄마, 저 여자가 거짓말하고 있는 거야."

나는 엄마를 감싸 안았다.

"저번에 말씀드리려고 했는데 경황이 없어서……."

여자가 핸드백에서 초음파 사진을 꺼냈다.

"저거 가짜야. 임신했다고 거짓말하려고 남의 초음파 사진을 훔쳤을 거야."

그사이 할아버지는 초음파 사진을 받아 들었다. 할아버지가 돋보기를 찾아 두리번거리자 할머니가 할아버지 손에서 초음파 사진을 톡 채 갔다. 할머니는 확인해 보라는 듯 초음파 사진을 가지고 엄마에게 왔다. 엄마는 무슨 징그러운 것이라도 되는 양 손바닥으로 밀어냈다.

그러는 사이에 임신한 여자의 그 사람이 왔다. 그 사람은 여자를 보더니 버럭 소리부터 질렀다.

"무슨 짓이야?"

여자는 아랑곳하지 않고 그 사람의 팔에 자기 팔을 끼웠다. 얼결에 팔을 빼앗긴 그 사람이 여자의 손을 잡아떼려 하자 그 여자는 한층 더 엉겨 붙으며 칭얼댔다.

"여보, 우리 아기 이런 상태로는 못 낳아요. 집도 없이 미혼모로는 절대 안 돼요. 당장 결혼식을 올려 주든지 아니면 아기 낳을 때까지라도 이 집에서 살게 해 줘요. 네?"

가능하면 어른들 일에 끼어들지 않으려고 했는데 도저히 한마디 안 할 수가 없었다.

"정말 역겨워서 못 봐주겠네."

내 말끝에 그 사람이 여자의 손을 자기 팔에서 잡아 뜯어내며 털썩 주저앉았다. 그 사람이 고개까지 떨어뜨렸는데 그 모습이 마치 이 상황을 인정하는 것처럼 보였다. 할머니가 그 사람에게 다가가 물었다.

"아니지? 애비야, 아니지?"

아니라고 말해 주길 간절히 바라는 목소리였다. 이게 뭔 일이냐고 말하는 것으로 보아 할아버지도 같은 마음이었을 것이다. 나나 엄마는 말할 것도 없고. 그런데 그 사람은 끝내 아니라는 말을 하지 않았다. 할머니가 그 사람의 등에 주먹세례를 퍼붓자 마치 맞을 짓을 했다는 듯 그 사람의 등이 할머니의 주먹질에 이리저리 쏠렸다. 엄마가 입에서 가느다란 신음 소리를 내더니 옆으로 쓰러졌다.

할머니가 뛰어와 엄마를 흔들어 깨웠고, 할아버지가 찬물을 떠 와 손가락에 물을 묻혀 엄마 얼굴에 뿌렸다. 엄마가 물세례를 맞고 깨어나자 그 사람이 병원에 가자며 자신의 등을 들이밀었다. 여자가 그 모습을 보더니 꼴에 질투랍시고 눈을 희번덕였다. 엄마가 몸서리치며 그 사람을 떠밀자, 여자는 마치 그럴 줄 알았다는 듯이 입가에 엷은 미소를 띠었다. 웬일인지 할아버지가 여자에게 이만 돌아가라고 했다. 제법 묵직한 목소리여서 낯설다 싶었는데 할아버지 표정도 예사롭지 않았다. 그때 그 사람이 분연히 일어나더니 한 손으로 여자의 어깨 부분을 움켜잡았다. 여자가 반항하자 이번엔 손을 옮겨 목덜미 쪽의 옷을 비틀어 잡았다. 여자의 블라우스 두 번째 단추가 턱 밑에 치받혔다. 그 사람이 여자를 현관문 쪽으로 끌어당기자 여자는 악다구니를 쓰고 발버둥을 쳤다.

"임신한 여자를 막 대하면 당신 후회할 거야."

"가. 일단 가."

이를 악물어서 그런지 그 사람의 말이 낮고 굵게 들렸다. 그때 잠깐 그 사람의 얼굴을 봤는데 그렇게 험상궂을 수가 없었다. 그 사람은 여자를 내보내고 현관문을 꽝 소리 나게 닫았다.

"당신 애 맞아?"

엄마가 몸을 추스르며 일어나 물었다.

"몰라. 나도 모르겠어."

그 사람이 엄마 앞에 무릎을 꿇고 앉았다. 여간해서는 그럴 사람이 아닌데 무릎을 꿇다니. 그 사람은 무릎을 꿇은 자세로 이마를 바닥에 대고 있었다. 할아버지와 할머니는 모른 채 등지고 서 있었다. 엄마가 안방으로 뛰어

들어갔다. 곧이어 방문이 열리고 그 사람의 옷과 가방이 날아와 거실 바닥에 떨어졌다. 얼추 큰 짐은 다 빠져나왔다 싶을 때 엄마가 안방에서 나왔다.

"우림아, 오늘부터 언니랑 방 같이 써. 당신은 우림이 방으로 들어가. 어머님하고 아버님이 좀 도와주세요. 우림이 물건 오름이 방에 옮겨 주세요."

엄마는 할아버지, 할머니에게 마구 지시했고, 그런 엄마를 십분 이해한다는 듯 할아버지도 할머니도 잠자코 있었다. 그 사람은 어떠한 벌이라도 달게 받겠다는 듯 거실 바닥에 쪼그리고 앉아 자기 짐을 주섬주섬 한쪽에 쌓았다. 할머니는 그 모습을 내려다보며 들릴 듯 말 듯 혀를 찼다. 할머니가 할아버지에게 같이하라는 듯 팔뚝을 툭툭 쳤다. 그러나 할아버지는 그럴 생각이 없는지 소파로 가 앉았다.

"이건 진짜 오이국 먹는 기분이구먼."

오이국 소리에 할머니 얼굴이 붉으락푸르락했다.

"지금 오이국 타령할 때유?"

할아버지는 아랑곳하지 않고 이어서 말했다.

"내가 오늘 드디어 깨달았어. 내가 딱 눈빛만 봐도 여자들 속을 대충은 다 알거든. 유인정이라는 여자는 말이

여, 진실되지 않았어. 우리 애비를 진짜 사랑해서 그러는 게 아녀. 사실은 처음에 우리 집에 왔을 때부터 이상했어. 사랑하면 절대로 그런 행동을 할 수 없는 법이거든."

할아버지가 말을 다 맺기도 전에 할머니가 말을 자르고 들어왔다.

"전문가 납셨네, 납셨어. 쓸데없는 말 말고 어서 짐이나 나르슈."

그런데 그때 나는 이상한 것을 보았다. 할머니가 손에 들고 있던 초음파 사진을 스웨터 주머니에 넣는 것이다. 혹시 빠질까 싶어선지 주머니를 한 번 다독이기까지 했다. 엄마는 어느새 또 아빠 물건을 한 보따리 갖고 나왔다. 그 사람의 짐을 안방에서 다 몰아냈을 때쯤, 엄마가 침대에 걸터앉아 중얼거렸다.

"탁란을 하겠단 말이지?"

엄마가 이마를 짚으며 그대로 누웠다. 나는 엄마에게 두통약을 갖다주었다. 웬만해서는 약을 먹지 않던 엄마였지만 순순히 받아먹었다. 나는 엄마를 한 팔로 감싸 안고 옆에 누웠다. 엄마는 손바닥으로 가슴을 누르고 있었다. 몸은 젖은 수건처럼 착 가라앉았지만 가슴은 뛰는 모양이었다. 그 모습을 보고 있자니 우리 집이 점점 수렁에 빠지는 느낌이 들었다. 헤어나야 한다는 생각과 함께 독립을 향한 열망이 다시금 일어났다. 슬그머니 이현아의 제안이 떠올랐다.

'그 계약을 수락하면 독립 자금을 모을 수 있겠지?'

이현아의 제안을 수락하는 쪽으로 기울고 있는데 엄마가 탁란이라는 말을 한 번 더 되뇌었다. 그러더니 피곤하다며 몸을 옆으로 돌렸다. 약 기운이 도는지 엄마는 곧 고른 숨소리를 냈다. 나는 엄마가 잠드는 것을 보면서 스마트폰으로 탁란을 검색했다.

화면에 녹음이 우거진 숲속 풍경이 나타났다. 숲속의 한 나뭇가지에 예쁘장한 새가 앉아 있다. 뻐꾸기다. 뻐꾸기는 나뭇가지에 앉아 두리번거린다. 내레이션은 뻐꾸기가 알을 낳을 둥지를 찾고 있는 모습이라고 한다. 그리고 좀 더 자세한 설명이 이어진다. 7월 초부터 8월 중순까지 뻐꾸기는 알을 낳기 위해 이 둥지 저 둥지를 살피며 돌아다닌다고. 한나절 순례 끝에 마땅한 둥지를 찾은 뻐꾸기. 뻐꾸기가 뱁새 둥지로 날아가서 맨 먼저 하는 일은 뱁새 알 네 개 중 하나를 부리로 쪼아 빨아 먹는 것이다. 그런 다음 껍질은 둥지 밖으로 물어다 버리고 그 안에 자기 알 하나를 낳는다. 열흘 동안 어미 뱁새는 부지런히 알을 품는다. 뱁새 알보다 하루 이틀 먼저 알에서 깨어난 뻐꾸기는 어미 뱁새가 물어다 주는 먹이를 날름날름 잘 받아먹는다. 입으로 연신 먹이를 받아먹으면서 몸을 교묘히 놀려 뱁새 알을 둥지 밖으로 떨어뜨린다. 마지막 한 개의 알마저 기어이 둥지 밖으로 밀어내는 아기 뻐꾸기. 내레이션은 그러는 행위가 뻐꾸기의 본능이라고 설명한다. 그리고 덧붙이는 말이, 귀엽기만 하다고 생각했던 뻐꾸기에게서 발칙한 이면을 발견할 수 있다나.

'주객이 전도되어도 유분수지.'

뻐꾸기의 탁란에 그 여자의 경우를 대입해 보았다. 뻐꾸기는 유인정과 그 사람, 뻐꾸기 알은 임신했다는 아이, 그리고 뱁새 둥지는 우리 집. 나란히 늘어놓고 보니 과연 공통점이 있었다. 탁란의 결과도 같을까. 나는 몸서리를 치면서 다시 화면을 보았다. 화면은 뻐꾸기 새끼가 어미 뱁새가 주는 먹이를 받아먹는 장면에서 멈춰 있었다. 화면을 뒷부분으로 옮겨 보았다. 부화한 새끼 뻐꾸기가 뱁새 알을 둥지 밖으로 밀어내는 장면이 나왔다. 거기부터 동영상을 재생했다. 다시 봐도 새끼 뻐꾸기가 그렇게 발칙해 보일 수 없었다.

'다 망가뜨리고 마네.'

혹시 뻐꾸기에게 무슨 곡절이 있나 싶어서 처음부터 다시 볼까 하는데 노크 소리가 들렸다. 언니였다. 엄마가 자는 것을 보자 언니는 나더러 자기 방으로 오라고 했다. 이번엔 망설일 것도 없이 언니에게 오늘 있었던 일을 브리핑해 주었다.

"나, 다 알고 있었어."

언니는 오늘 사건에 대해 듣고 나서 마치 올 것이 왔다는 얼굴을 했다.

"실은 나 아주 오래전에 이상한 전화를 받았어. 학원에서 돌아와서 씻고 그러다 보면 11시 30분쯤 되거든. 그 무렵에 발신자 표시 제한으로 전화가 왔어. 받으면 끊고 받으면 끊더라. 그때 여자 숨소리를 들은 것 같아."

"그 여자가 왜 그런 전화를 해? 뭔 자랑이라고."

"그러게. 그 속은 나도 모르지. 연애를 안 해 봐서 연인들이 하는 짓은 모르겠다."

언니가 연애라고 말해 놓고 기막히다는 듯 콧방귀를 뀌었다.

"하여간 언니도 대단해. 어떻게 알면서 모른 척해?"

"처음엔 믿어지지 않았어. 아빠, 능력 있고 성실했어. 우리에게도 잘했잖아."

"잘했나?"

"무슨 소리야? 아빠가 특히 널 예뻐했는데."

"뭐……."

그때 하필 그 말이 떠오를 게 뭐람. 우리 가족 뒷산 소풍 올 때가 제일 행복해. 그 말이 그렇게 감동적인 말이었나. 아, 왜 울컥하는 거야. 울컥한 내가 싫어져 얼른 손등으로 눈물을 닦아 냈다. 언니가 그것 보란 듯이 빙글 웃었다. 문득 언니도 그 말을 기억하는지 궁금했다.

"언닌 우리 옛날에 뒷산으로 소풍 갔던 거 생각나?"

"응. 몇 번 갔지."

"몇 번이 아니라 거의 일요일마다 갔어. 그때 아빠가 우리 가족 뒷산 소풍 올 때가 제일 행복하다고 했는데 기억나?"

"헐. 아빠가 그런 말도 했니?"

나는 아름다운 추억으로 고이고이 간직하고 있었는데 언니는 전혀 기억하지 못한다고 했다. 너무 놀라워서 진짜 기억이 안 나냐고 묻고 싶은데 언니는 별로 중요하지 않다는 듯 턱으로 안방 쪽을 가리켰다.

"엄마는 어떻게 한대?"

"아빠를 안방에서 내쫓았으니까 그다음은 ……."

언니가 내 말을 자르고 들어왔다.

"배다른 동생이 생겼다는 건 심히 유감스럽지만 나는 가정을 유지하는 쪽이다. 이혼은 안 돼. 아빠가 계속 우리 집 가장 노릇을 할 수 있도록 해야지. 쓸데없이 아빠 비위 건드리지 마라."

"사람이 자존심이 있는데 어떻게 그래?"

나는 내 노른자 자존심을 생각했다. 오랜 세월 이중생활을 해 왔던 아빠란 사람에게 그동안 돈을 받아 썼다는 것도 자존심 상해 죽을 지경인데 언니 말은 아예 그런 자존심 따위는 버리라고 하는 것이다.

"그 잘난 게 뭐가 중요해."

"그럼 중요한 게 뭐야?"

"현실을 직시해. 우리가 지금 어떻게 살고 있는지 봐. 공연히 이혼을 부추겼다가 엄마 고생시키지 마라. 너도 알다시피 엄마는 홀로 설 준비가 안 되어 있어. 게다가 마음까지 약해서 화 한번 제대로 못 내잖아. 고작 한다는 게 안방에서 쫓아내기라니. 우리는 나은 줄 아니? 우리도 마찬가지야. 아빠가 벌어다 주는 돈으로 잘 먹고 잘살았어. 앞으로 하고 싶은 공부하려면 돈은 또 얼마나 필요하겠니. 그러니까 너나 내 앞길을 위해서도 가정은 유지

되는 게 좋아.”

“결국 돈이네.”

언니가 말하는 우리에서 나는 빼야 한다. 나는 언니에게 이미 그 사람이 벌어다 주는 돈을 거부하기 시작했다고 말했다. 돈을 모아 독립하겠다는 말도 보탰다.

“천만 원 정도 모으면 원룸 보증금은 댈 수 있어. 월세는 알바해서 내면 되고. 보증금 없이 월세만 내는 고시원도 있어.”

“생활비는?”

“생활비도 알바해서 벌어야겠지.”

“알바하느라고 학교 다닐 시간도 없겠다.”

언니가 가소롭다는 듯 큭큭 웃었다. 언니의 웃음소리 뒤로 이현아의 제안이 떠올랐다.

‘내가 오케이만 하면······.’

돈

    머릿속에 하얀 화지가 펼쳐졌다. 화지는 네 개의 면으로 나뉘고 각각의 면마다 계절 이미지가 표현된 할머니가 담긴다. 배경은 장터, 할머니 앞에는 과일 바구니가 놓여 있다. 봄에는 딸기, 여름에는 참외와 수박, 가을에는 사과와 배, 겨울에는 곶감. 이현아가 굳이 장터 할머니로 계절을 표현한 이유는 아마도 계절과 함께 살아가는 인간의 삶을 주제와 연결시키고 싶었기 때문이리라. 단순히 예쁘게만 그린 작품들에 비하면 의미가 있어서 눈에 띌 것이다.

    또 다른 한 장의 화지에는 쇠똥구리와 자동차가 나타난다. 왼쪽 화면에서 풀숲의 쇠똥구리들이 쇠똥을 굴리며 오른쪽을 향해 진행하고 화면의 가운데쯤에서 자동차와 만난다. 쇠똥구리는 마치 자동차를 위해 쇠똥을 굴려 온 것처럼 자동차에게 쇠똥을 제공한다. 쇠똥은 자동차의 바퀴가 되고, 자동차 앞으로 도로가 쭉 뻗는다. 이를테면 발전된 도시 세상이다. 화면 왼쪽 상단으로는 풀숲으로 돌아가는 쇠똥구리들의 뒷모습을 표현해야 한다. 쇠똥구리에게서 바퀴를 착안해 낸 인간은 자동차를 만들어 생활의 편리를 꾀했지만 그 후로 쇠똥구리의 터전은 점점 줄어든다.

이 그림에서 포인트는 속도감과 섬세함이다. 자동차와 도로 이미지는 심플한 선으로 속도감을, 풀숲과 쇠똥구리는 묘사에 주력하여 섬세하게 표현해야 할 것이다.

"상생이라는 미명 하에 망각된 훼손……."

그림 그리기에 앞서 이렇게 이미지가 선명하면 다 된 그림이나 마찬가지다. 나는 이현아의 제안을 받아들이기로 했다.

하루 종일 그림을 그렸다. 스케치를 뜨기도 수월하고 붓질도 시원했다. 그리는 내내 좋은 작품이 나올 것 같아 설렜다. 오후 5시쯤 그림이 완성되었다.

오늘 볼 수 있어? ◀ 차우림

이현아   ?

그림 그렸어. ◀ 차우림

이현아   아, 그래? 우리 집으로 올래?

지금 갈게. ◀ 차우림

다 저녁에 어딜 가냐는 할머니 핀잔을 들으며 집에서
나왔다. 집에서 나올 때 보니 거실에는 아무도 없었다.
엄마는 안방에 누워 있고, 그 사람은 어제 내 방으로 쫓
겨난 이후 꼭 필요할 때 빼고는 나오지 않는 눈치다. 할
아버지는 점심 때 할머니랑 또 티격태격하고는 외출했
다. 그림을 그리다 언뜻언뜻 들은 바에 의하면 할아버지
가 자꾸만 그 사람과 그 여자의 관계에 대해 아는 척하는
바람에 할머니에게 핀잔깨나 들었다. 할머니는 할아버지
를 구박하는 것이 마치 엄마에게 예의를 갖추는 것으로
아는 양, 안방에 있는 엄마에게 들리도록 목소리를 높여
말했다.

이현아가 자기 방에서 나를 맞았다.

"어서 와. 그거니?"

이현아가 팔짱을 낀 채 눈으로 내 어깨에 매달린 화구통을 가리켰다. 검사받는 느낌이 들었다. 퇴짜를 맞으면 어쩌지 하는 걱정까지 보태져 잠시 머뭇거렸다.

"뭐 해?"

나는 크게 숨을 들이마시고 책상 앞으로 갔다. 화구통에서 그림을 꺼내 책상 위에 펼쳤다. 화지가 말리지 않도록 양쪽 끝을 손으로 잡고 있었더니 이현아가 서진을 갖고 왔다.

"손 치워 볼래?"

"어, 그래."

내가 물러나자 이현아가 그림을 훑어보았다.

"괜찮네. 다음 거는?"

나는 재빨리 발상의 전환 그림을 펼쳤다. 이번에도 이현아가 서진을 양쪽 끝에 올려놓고 그림을 내려다보았다. 한참 그림을 보던 이현아가 문득 생각났다는 듯 나를 올려다보았다.

"너 후회 없겠어?"

"응. 뭐……."

내 대답이 미온적이다 싶었는지 이현아가 나를 빤히

바라보았다. 이왕 결심한 일에 굳이 그런 느낌을 깔고 갈 필요는 없을 것 같아서 서둘러 말을 보탰다.

"이 그림은 네 그림이야. 발상의 전환은 아이디어가 생명이거든. 넌 아주 좋은 아이디어를 냈고 나는 네 아이디어를 그림으로 표현해 주었을 뿐이야. 이 그림, 내 그림이라고 생각 안 해."

"그 말 믿을게."

"계약서라도 써 줄까? 입시 스펙 만들 때까지 공모전 그림을 그려 주겠다는……."

계약서 이야기에 이현아가 손사래를 쳤다.

"그런 걸 남겨서 뭐 하게? 내가 돈 안 줄까 봐 걱정하는 게 아니라면 그런 계약서 쓰지 말자."

"그래. 서로 믿으면 되지."

내 말끝에 이현아가 봉투를 꺼냈다.

"수고했어."

봉투가 꽤 두둑했는데 차마 그 자리에서 봉투를 열어 볼 수 없어 바로 주머니에 넣었다. 이현아는 봉투의 돈 중 반은 비밀 유지 비용이라고 했다.

"앞으로 내 그림 그릴 때는 우리 집에서 그려. 내가 학원에서 틈을 봐서 아이디어를 말해 줄 거야. 그러면 넌 잘 기억하고 있다가 구상을 해. 그런 다음 일요일에 우리 집에 와서 스케치하고 채색하는 거야. 완성해서 나에게 넘기면 돈은 바로 줄 거야."

"그런데 통장에 입금해 주면 안 될까? 봉투 받는 거 좀 부담스러운데……."

나는 통장 계좌 번호를 적은 쪽지를 이현아에게 내밀었다.

"이런 돈은 직접 주는 게 좋아. 아, 그리고 만약 수상하면 그림값을 두 배로 쳐줄 거야."

이현아는 혹시 모르니까, 하면서 쪽지를 챙겼다.

"그리고 의사소통도 직접 만나서 하자. 문자보다는 그게 나을 것 같아."

"그러든지."

계약은 완벽하게 성사되었다. 줄 것은 주고, 받을 것은 받았으니 더는 할 말이 없었다. 이현아 역시 그런 눈치여서 나는 서둘러 이현아네 집에서 나왔다.

주머니 속 봉투가 궁금해서 미칠 것 같았다. 지하철 역 화장실에서 봉투를 열어 보았다.

"5만 원짜리가 스무 장?"

딱 봐도 두둑했고 주머니 속에서 만져 봤을 때도 적지

않은 액수라고 감은 잡았지만 이렇게 많은 돈이 들어가 있을 줄은 몰랐다. 한몫에 100만 원을 벌다니. 그림값을 50만 원으로 계산해 주었으니 수상을 하면 50만 원을 더 받을 수 있을 것이다. 이현아 덕에 독립 자금이 빨리 모아질 것 같다. 오랜만에 기분이 좋아졌다.

2월 둘째 주쯤 미술 학원에 전시회 안내 포스터가 붙었다. 미술 학원 연례행사인데 매년 이맘때 하는 행사다. 나는 다년간 미술 학원을 다녀 본 사람으로서 이 전시회의 의미를 잘 안다. 3월부터 신입생을 유치하려는, 이를테면 학원 홍보 차원이다. 전시회는 2월 마지막 주 토요일과 일요일 이틀 동안 미술 학원 교실에서 할 것이다. 앞으로 2주 남았다.

박쌤은 전시회에 출품할 그림의 주제는 '자유'라고 했다. 한 명도 빠짐없이 출품해야 한다는 단서를 붙였다. 미술 학원에 다닌 지 두 달밖에 안 된 이현아도 출품해야 했다. 이현아는 요즘 발상의 전환을 그리기 시작했다. 아직 기초가 덜 되었지만 마냥 소묘에서 시간을 지체할 수 없어서 소묘랑 병행하기로 했다. 저녁 먹으러 가면서 이현아에게 슬며시 물었다.

"전시회 혼자 준비할 수 있어?"

"그리고 싶은 게 있긴 있는데…….."

이현아가 말끝을 흐리기에 다음 말을 기다려 보았다. 실은 이현아가 일요일에 와서 도와 달라고 하면 못 이기는 척 갈 생각이었다. 이현아는 생각이 많은 듯 말을 잇지 않았다. 기다리다 못해 내가 먼저 말해 버렸다.

"혹시 내가 필요하면 말해."

나 너무 대담한 것 아닌가, 말해 놓고 나서 잠깐 멈칫했다.

"굳이 전시회까지 그럴 필요는 없어. 두 달 배운 실력도 실력이니까 그대로 보여 주지 뭐."

이현아가 내 손을 빌리지 않을 모양이다.

"곧 공모전 결과 나올 텐데? 만약 수상하면 그림도 공개되는데 전시회 그림과 공모전 그림이 너무 차이 나면 이상하지 않나?"

"그런가?"

"대외적으로 실력을 높여 놓아야 한단 말이지. 내 말은 사실은 너도 발상의 전환 같은 디자인 그림을 그릴 수 있다는 걸 주변 사람들에게 보여 줘야 한단 말이야. 따지고 보면 소묘랑 디자인 그림은 달라. 소묘는 못 그려도 디자인 그림은 잘 그릴 수도 있거든. 그걸 사람들에게 믿게 하는 것이 여러모로 좋아."

내가 말하면서도 억지라는 생각이 들었다. 소묘를 미술의 기초라고 배웠는데. 소묘를 잘하고 다른 그림은 못 그릴 수 있어도 소묘를 못하면서 다른 그림을 잘 그릴 수가 없다는 말을 얼마나 많이 들었는지 모른다. 그런데 이런 말을 하고 있다니. 마치 내가 양심 없는 영업자 같다는 생각이 들었다. 수주를 따내기 위해 입에 발린 소리를 마구잡이로 풀어놓는.

"생각해 볼게."

이현아가 고개를 끄덕였다. 솔직히 진짜 바람은 이현아가 미술 학원을 그만두는 것이다. 그래야 학원 아이들이나 선생님들 눈치를 보지 않고 맘껏 도와줄 수 있다. 이현아 역시 맘 놓고 나에게 의지할 수 있을 것이다.

아이들은 전시회 출품작 준비에 정신없었다. 전시회는 부모님을 비롯해서 친구들까지 초대하여 자기 실력을 한껏 뽐낼 수 있는 기회다. 실력을 뽐낼 뿐 아니라 각자 그린 작품이 서로 비교가 되는 날이기도 하다. 워낙 내 그림에 관심이 많았던 한가희는 더욱 내 스케치북을 힐끔거렸다. 결국 한가희는 실수하고 말았다. 내가 잠깐 원장실을 다녀온 사이에 한가희가 내 사물함을 뒤진 것이다.

"한가희, 뭐 해?"

한가희가 소스라치게 놀라 들고 있던 내 스케치북을 떨어뜨렸다.

"내 붓을 잃어버려서 혹시 여기 있나 싶어서."

나는 스케치북을 주워 들며 도로 내 사물함에 넣었다.

"네 붓이 왜 내 사물함에 있어? 네 붓은 네 사물함에 있겠지."

"13호 붓이 사라져서……."

한가희가 어설프게 둘러댔다.

"여기 있네."

나는 한가희 사물함에 놓인 붓통에서 재빨리 13호 붓을 찾아냈다.

"네 눈은 호기심 천국이다. 궁금하면 말해. 얼마든지 보여 줄게."

그 상황에서도 한가희는 내 그림을 본 게 아니라고 우기며 교실에서 나갔다.

전시회가 열리기 며칠 전, 이현아는 나에게 자기 집에 와 달라고 했다. 그럼 그렇지. 나는 냉큼 이현아 집에 가서 이현아 그림을 그려주었다. 그날도 역시 봉투를 받았다. 봉투를 받을 때 나도 모르게 꾸벅 인사까지 할 뻔했다. 이현아는 점점 내 의뢰인이 되어 가고 있었다.

전시회가 열리기 하루 전에 공모전 수상자 발표가 있었다. 예상한 일이지만 이현아 그림이 수상권에 들었다. 특선이었다. 이현아는 소식을 알고 바로 나에게 신호를 보냈다. 자기 스마트폰을 톡톡 두드리는 것으로 보아 문자를 보냈으니 보라는 뜻 같았다. 이현아가 보낸 문자에는 공모전 결과 발표를 캡처한 사진이 첨부되어 있었다.

<blockquote>
아, 축하~   차우림
</blockquote>

<blockquote>
이현아   학원 끝나고 차 안에서 기다리고 있을게.
</blockquote>

<blockquote>
오키~   차우림
</blockquote>

다행인지 아직 우리 교실 아이들은 그 소식을 모르는 눈치였다. 내일이 전시회라 다들 공모전 발표를 신경 못 쓰고 있는지. 만약 우리 교실 아이들 중에 누군가 이현아가 상을 탔다는 것을 알면 이상하게 생각할지도 모른다.

"동명이인인가?"

아니나 다를까 한가희가 고개를 갸웃거렸다. 이현아는 자기 그림에 열중해서 한가희가 하는 말을 듣지 못한 것 같았다. 나 역시 한가희 말에 전혀 관심 없다는 듯 내 그림에 집중하는 척했다. 한가희가 소자영에게 자기 스마트폰을 보여 주며 속닥거렸다. 서로 입선도 못했다고 투덜대다가 끝에는 이현아라는 이름을 궁금해했다. 한가희가 확인하려는 듯 이현아의 스케치북을 슬쩍 넘겨다보았다. 한가희는 고개를 절레절레 흔들며 소자영을 보았다. 소자영이 피식 웃었다. 두 사람은 특선 수상자가 자기들 앞에 있는 이현아가 아니라고 결론지은 것 같았다. 박쌤도 좀 더 분발하자는 말만 하는 걸 보면 우리 반 이현아가 상을 탔으리라고는 상상도 못하는 눈치였다. 한가희는 이현아에 대한 관심을 접고 나에게 물었다.

"우림아, 넌 Y 장학 재단 공모전에 출품 안 했어?"

"응."

"왜?"

"바빠서. 딱히 좋은 아이디어도 없고."

"천하의 차우림이 고작 아이디어 하나 못 떠올려서 출품을 안 해?"

한가희 말이 칭찬인지 비꼰 건지 헷갈렸다.

"내가 어부야? 대회마다 그물 치게?"

"대회도 대회 나름이지. Y 장학 재단 공모전은 3등 안에만 들어도 수시 전형에 아주 좋은 영향을 준다는 걸 너도 알잖아?"

"그래서 하계 실기 대회는 나갈 거야. 너도 나갈 거지?"

"물론이지."

그제야 한가희가 잠잠해졌다.

수업이 끝날 무렵에 이현아가 차에서 기다리겠다는 문자를 보냈다. 나는 알았다는 답장을 보내고 부지런히 뒷정리를 했다. 늘 그렇듯이 우리 교실을 포함하여 여섯 교실을 돌아다니며 쓰레기를 줍고 전열 기구를 점검했다. 걸레질은 다음 수업 전에 하기로 하고 학원 주차장으로 뛰어갔다.

이현아가 검정 승용차 안에서 유리창을 내리더니 우리 집까지 데려다준다며 타라고 했다. 고맙다는 말 말고 또 다른 할 말이 있는 것 같았다. 우리 아파트 앞에서 내가 내리자 이현아도 따라 내렸다. 이현아는 잠깐 보자더니 차에서 어느 정도 떨어진 곳으로 가 섰다.

"미안하지만 3등 안에는 들어야 해."

"?"

나는 이현아가 욕심이 너무 과하다는 생각이 들었다. 특선이면 이현아로서는 꿈도 못 꿀 결과가 아닌가. 게다가 우리 미술반에서 그 공모전에 수상한 사람은 한 명도 없었다. 만약 학원에서 우리 학원 학생이 상을 탔다는 사실을 알면 광고지에 크게 실을 만한 일이다. 당혹스러워하는 내 표정을 못 읽었는지 이현아가 계속 말했다.

"너도 알다시피 특선으로는 입시에서 경쟁력이 없어."

"?"

"입시에 써먹을 수 없다면 거래하는 의미가 없다고."

"뭐? 의미가 없다고?"

"수고는 했는데 좀 더 신경 쓰자는 말이야. 그리고 다음 작품부터는 그림을 80퍼센트만 완성해 줘. 나머지 20퍼센트는 내가 그릴게. 네가 어떤 색을 어떻게 칠하라고 코치하면 돼. 그 정도는 나도 할 수 있어."

이현아가 전시회 작품도 그렇게 할걸 그랬다며 아쉬워했다. 한가희의 의심을 신경 쓰고 있는 모양이었다. 나도 걱정을 하지 않는 건 아니지만 그건 아니지 싶었다. 작품의 마무리를 이현아가 하겠다는 말인데, 아직은 이현아가 붓을 잡을 만한 실력이 아니다. 다 된 작품을 어설픈

붓질로 망치면 그야말로 내가 그려 주는 의미가 없지 않은가.

"그건 좀 아닌 것 같아."

"······."

이현아는 입술을 앙다물더니 주머니에서 봉투를 꺼내 내밀었다. 그리고 바로 돌아서서 뛰어가 차 안으로 들어갔다. 나는 봉투를 주머니에 넣고 두께를 가늠해 보았다. 약속대로 열 장쯤 들어 있는 것 같았다.

전시회는 오전 10시부터 시작이다. 나는 9시쯤 미술 학원에 갔다. 두 교실을 합쳐 넓게 만든 전시회장에서 선생님들이 아이들과 함께 전시 작품을 걸고 있었다. 그림이 다 걸리고 다과상이 준비되고 있을 때 박쌤이 어떤 그림 앞으로 다가갔다. 한참 보던 박쌤이 나를 불렀다.

"이거 이현아 그림 맞니?"

"네. 맞는 것 같아요."

"이현아가 이렇게나 잘 그려? 물감을 쓴 지 얼마 안 되는데?"

"그러게요."

박쌤과의 어색한 대화는 손님들이 몰려오면서 끝났다.

손님들 틈에 한가희와 소자영도 보였다. 두 사람 뒤로 꽃다발을 든 아주머니 두 분이 따라 들어왔다. 한가희 엄마와 소자영 엄마다. 이어서 못 보던 아이들이 우르르 들어왔다. 우리 학원 학생들의 친구들 같았다. 한가희와 소자영이 그림을 쭉 둘러보더니 자기 엄마를 불렀다. 한가희 엄마가 한가희 그림 밑에 꽃다발을 내려놓았다. 소자영 그림 밑에도 꽃다발이 놓였다. 아주머니들은 다과상으로 가서 커피를 마시며 선생님들과 얘기를 나눴다.

나는 잠깐 엄마를 생각했다. 작년엔 엄마도 와서 내 그림을 보고 선생님과 얘기도 나눴다. 하지만 지금쯤 엄마는 안방에 있을 테고 그 사람은 내 방에 있을 것이다. 그 여자의 탁란 사건 이후 두 사람은 거의 마주치지 않았다. 그 사람은 지난주부터 '별 헤는 밤' 동호회에서 진행하는 여행에 다시 나가기 시작했다. 저번에 가기로 했다가 못 간 영월에는 오늘 밤에 간다고 했다. 집안을 초토화시켰으면서도 그 사람 생활은 별로 변함이 없다. 여전히 회사를 잘 다니고 취미 생활로 여행까지 하는 반면 엄마는 우울의 극치를 달리고 있다. 엄마가 이런 곳에 올 기분이 아닐 것 같아서 말도 안 꺼냈는데 내가 잘못 생각한 건가. 바람이라도 쐬게 부를 걸 그랬나.

"이거 현아 작품 맞아?"

한가희가 다가와 물었다.

"그렇네."

나는 손가락으로 이현아 이름을 가리켰다.

"얘가 발상의 전환을 이렇게 잘 그렸어?"

"걔 워낙 아이디어가 좋잖아."

"아이디어가 좋으면 뭐 해? 그림이 안 되는데. 그런데
이 작품은 그림도 되네?"

한가희는 한참 동안 이현아 그림을 바라보았다. 나는
그런 한가희를 내버려 두고 전시회장에서 나왔다.

시샘

3학년 새 학기가 시작되었다. 물론 학원 아르바이트도 계속하기로 했다. 일주일에 세 번, 학원에 가는 월, 수, 금요일만 일을 하기로 했다.

월요일 첫날, 미술 수업이 시작되기 전에 한가희가 스케치북 한 장을 뜯었다. 일부러 의도했는지 모르지만 찢어지는 소리가 꽤 컸다. 주변 아이들의 눈길이 쏠리는 가운데 한가희가 종이배를 접기 시작했다. 첫날부터 무슨 꿍꿍이일까. 나는 관심 없는 척 물통을 들고 나왔다. 물을 받고 있는데 어느 결에 왔는지 소자영이 옆에 서 있었다. 얼른 자리를 내주었더니 소자영이 다가서며 말했다.

"넌 이상하지 않니?"

"뭐가?"

"이현아 전시회 작품 말이야. 걔가 그렇게 잘 그리는 아이였어?"

"너도 알잖아. 현아 아이디어 대박인 거."

"그거 말고. 그림 말이야."

"아이디어가 좋으면 표현이 좀 서툴러도 좋게 보이지 않나?"

"표현이 아니라 그림 실력을 말하는 건데?"

소자영은 왜 그림을 표현이라는 작은 의미로 말하느냐, 뭐 이런 말을 하고 싶은 것 같았다.

"곧 수업 시작이야. 어서 교실에 들어가자."

나는 소자영을 뒤로하고 앞서 걸었다.

"가희가 현아를 시험하려고 하는 것 같은데? 전시회 때부터 벼르고 있었어."

소자영이 따라오며 계속 말을 붙였다.

"?"

소자영의 말을 듣는 순간 이현아의 전시회 작품과 종이배가 연결되었다.

'세월호와 종이배.'

한가희가 무슨 일을 벌이려는 거지, 덜컥 불길한 예감

이 들었다. 아직 이현아가 학원에 오지 않았다면 오지 말
라고 하는 편이 나을 것 같다. 소자영에게 볼일이 있다고
말하고 복도 끝으로 갔다. 그리고 이현아에게 문자를 보
냈다.

> 오늘 학원 오지 않는 게 나을 듯. 차우림
> 한가희가 의심하는 것 같아.

 이현아가 문자를 확인할 때까지 기다릴까 하다가 마음
이 급해 가만히 있을 수가 없었다. 이현아가 이미 교실에
와 있을 수도 있기 때문이다. 거의 뛰다시피 해서 교실로
들어왔다. 아니나 다를까 이현아 자리에 아이들이 몰려
있었다.
 "뱃머리에 똑딱단추 단 것 너희들 봤지? 그 단추를 열
고 배에서 빠져나오는 사람들의 모습, 아주 좋아. 나는
왜 그런 생각을 못했나 가슴을 쳤지. 그런데 신기하지 않
니? 소묘 뗀 지 한 달밖에 안 된 사람이 어떻게 그렇게
묘사를 잘했을까? 세월호 표면 봤지? 가죽 느낌으로 그
렸는데 묘사 짱 좋았어. 똑딱단추는 또 어떻고. 나는 진
짜 똑딱단추가 거기 붙어 있는 줄 알고 떼려고 했다니

까."

한가희의 말에 아이들이 웃었다.

"한번 그려 봐. 가죽 질감을 그렇게 잘 묘사하는 사람이 종이 질감 표현은 식은 죽 먹기 아냐?"

한가희는 이제부터 본론이라는 듯 준비하고 있던 화지를 이현아 앞으로 쓱 내밀었다. 아이들은 이현아의 행동을 주시했다. 종이배를 물끄러미 내려다보던 이현아가 천천히 고개를 들어 한가희를 쳐다보았다.

"곧 수업 시작인데 이따 쉬는 시간에 그릴게."

의외로 이현아의 목소리는 차분하고 느긋했다.

"아니. 조금만이라도 그려 봐. 네가 선 하나 긋는 것만 봐도 나는 알아볼 수 있어."

한가희는 마치 이 순간을 기다리느라고 자기 딴에는 꽤 참았다는 듯 잔뜩 눈을 도사렸다. 이때 나와 이현아의 눈이 마주쳤다. 내 느낌인지 모르지만 이현아가 의미 있는 눈빛을 보냈다. 그러더니 필통의 지퍼를 열어 4B 연필을 꺼냈다. 그때 이 상황에서 이현아를 구해 줄 사람은 나밖에 없다는 생각이 들었다. 저 많은 아이 틈에서 어떻게 이현아를 구해 낼까, 눈앞이 아득했다. 아이들이 웅성거리기 시작했다.

"종이배 형태만이라도 잡아 봐."

"난 4B 잡는 것만 봐도 느낌 알아."

4B 연필을 잡은 이현아의 손이 스케치북으로 갔다.

"현아야."

나는 무턱대고 이현아 이름을 불렀다.

"너 원장님께서 부르셔. 지금 오래. 빨리 가 봐."

아이들이 중요한 순간에 뭐냐고 구시렁거렸다. 나는
머뭇거리는 이현아에게 어서 가 보라고 재촉했다. 이현
아가 나가자 한가희가 나를 노려보았다. 나는 짐짓 태연
한 척 분주하게 손을 움직였다. 붓도 정리하고 팔레트도
제자리에 놓았다.

"원장님이 왜 이현아를 불렀을까?"

한가희가 의심 가득한 말투로 물었다.

"그거야 나는 모르지."

나는 일부러 스케치북을 한 장 한 장 넘겨 한가희의 시
선을 가렸다. 한가희는 무슨 말을 하려다 여의치 않은지
스마트폰을 열어 열심히 문자를 찍었다. 곧이어 내 스마
트폰에 진동이 울렸다. 직감적으로 한가희가 나에게 문
자를 보냈단 걸 느꼈다. 일부러 스마트폰을 꺼내 보지 않
았다. 문자를 보는 순간 한가희가 쳐 놓은 그물에 걸려

버릴 것만 같았다. 그물을 헤쳐 나가기 위해선 무슨 수를 써야 하는데 그러기엔 내가 지금 너무나 지쳐 있었다. 원장님 핑계를 대서 이현아를 구해 준 것만으로도 엄청나게 기가 빠져나간 느낌이었다.

그때 다행히 박쌤이 들어왔다. 수업은 시작되었고 한가희의 날카롭게 뻗친 신경도 한풀 꺾였다. 수업 중에 문자 하나가 또 왔는데 그건 필시 이현아가 보냈을 것이다. 궁금했으나 역시 참았다. 그 문자를 보기 위해 스마트폰을 열게 되면 한가희가 보낸 문자도 보게 될 것이다. 한가희의 문자를 외면한다 해도 스마트폰을 열어 보는 내 모습을 본 한가희가 답장 같은 것을 요구하는 눈빛을 보낼 것이기 때문이다. 그러한 달갑지 않은 요구는 불편하고 불쾌하다. 그나저나 이현아가 교실로 돌아오지 않는 것을 보면 집에 가겠다는 문자를 보낸 모양이다. 한가희가 소자영에게 속닥거리는 것을 언뜻 들었는데 이현아가 도망갔다고 하는 것 같았다. 그러면서 둘은 킥킥 웃었다.

1교시가 끝나자마자 화장실로 뛰어갔다. 스마트폰을 열어 보니 역시나 이현아의 문자가 와 있었다.

이현아   나 집에 간다. 내 가방 챙겨 줘.

이현아가 현명한 판단을 했다. 당사자가 없으니 한가희도 어쩔 수 없을 것이다.

> **그래. 알았어.** ◀ 차우림

이현아
> **학원 끝날 시간에 맞춰서 차 보낼게.**
> **주차장으로 갖고 나와.**

> **학원은 어떻게 할 거야?** ◀ 차우림

실은 나랑 한 거래를 끊을 거냐고 묻고 싶었으나 너무 노골적인 것 같아서 참았다. 이현아가 무슨 답을 할지 궁금한데 답은 오지 않았다. 문자를 기다리면서 여러 가지 생각에 잠겼다.

'이현아네 집 정도면 과외 선생을 두어도 괜찮지 않을까. 그렇게 되면 나보다는 그 과외 선생과 거래하는 것이 더 합리적이겠지. 또 그렇게 되면 나는 낙동강 오리알 신세가 될 테지. 그리고 거래의 달콤한 맛을 이미 봐 버린 나는 또 다른 의뢰인을 찾게 될지도 몰라.'

또 다른 의뢰인을 찾는다? 아마도 그렇게 될 가능성이 많다. 요즘 나는 학원 아르바이트보다 이현아가 주는 돈

봉투 맛에 빠져 있으니까. 곧바로 이현아가 문자를 보내
왔다.

이현아　담에 연락할게.

응. 기다리고 있을게.　차우림

"휴."

연락하겠다는 말이 마음에 들었다. 이현아와 문자 대
화를 마치고 한가희가 보낸 문자를 열었다.

한가희　제일 고등학교 2학년 3반 이현아.
작년 그 반에 이현아는 딱 한 명이었대.

한가희가 이현아 뒷조사까지 하였다. 나는 한가희가
어디까지 알아냈는지 가늠해 보았다. 일단 이현아의 그
림 실력은 충분히 알고 있을 터. 이현아가 동명이인이 아
니란 사실도 알았으니 상을 탄 사람이 이현아란 것을 알
고 있다. 그렇다면 누가 그 그림을 그려 주었느냐, 이것
이 한가희의 최대 관심일 것이다. 혹시 짐작할 만한 단서

가 있었던가. 이현아와 거래를 시작한 시점부터 지금까지 벌어진 상황을 꼼꼼히 되짚어 보았다. 아무리 생각해도 드러난 것은 없었다. 이현아와 내가 함구하면 한가희가 아무리 애써도 알 수 없으리라.

나는 한가희의 문자를 무시해 버리고 교실로 들어왔다. 한가희는 수업 내내 내 눈치를 살폈다. 한가희가 제발 이현아 일에 신경 쓰지 않았으면 좋겠다는 생각을 수없이 했다. 자기 작품에만 집중했으면 좋겠는데 왜 남의 일에 이토록 촉각을 곤두세우는 건지. 신경이 쓰여서 작품에 집중할 수가 없었다. 수업을 마치고 문단속을 하려는데 한가희가 가방도 메지 않은 채 미적거리고 있었다. 늘 붙어 다니던 소자영도 보내고 혼자서 저러고 있는 것을 보면 단단히 마음먹은 게 있는 모양이다. 보통날 같으면 한가희를 무시해 버리고 교실에서 나와 버렸을 테지만 이현아의 가방을 챙겨야 하는 입장이라 그럴 수가 없었다.

"문자 봤니?"

한가희가 물었다.

"응."

"난 Y 장학 재단 공모전에서 특선한 아이가 이현아와

동명이인인 줄 알았어. 그런데 아냐. 우리 학원 이현아가 맞아."

"……."

나는 묵묵히 한가희의 다음 말을 기다렸다.

"전시회 그림도 그렇고 이상하지 않니?"

"뭐가?"

나는 시종 금시초문인 척 표정 관리에 신경 썼다.

"이현아 그림 배운 지 얼마 되지 않은 애야. 우리 학원에 처음 들어왔을 때 완전 백지였어. 그런 애가 그렇게 잘 그릴 수는 없어."

한가희는 점점 더 흥분했다.

"……."

"누가 도와준 게 확실해. 혹시 원장님이 그려 주는 거니?"

원장님에게는 죄송하지만 나를 의심하지 않는다는 사실에 살짝 안심이 되었다. 그러나 의심의 방향은 언제 바뀔지 모른다. 나는 한가희가 더 이상 상상도 짐작도 못하도록 정색하며 말했다.

"가희야, 그런 소리 하고 다니면 이현아랑 원장님 모두 곤란해지잖아."

"이현아가 입시 부정을 하고 있는 것 같아서 그래."

"입시 부정이라니? 누가 들으면 이현아가 그 그림으로 수시 합격한 줄 알겠다."

"얘가 왜 오버야?"

"공모전 특선이 상이냐? 그냥 수고했다고 주는 종이일 뿐 대학 입시에 그런 상은 쳐주지도 않아. 그런 걸 가지고 뭐 하러 신경 쓰니? 다음 공모전에선 네가 더 큰 상을 타. 그러면 되지."

"너 이상하다. 왜 이렇게 적극적으로 이현아를 변호하냐?"

"나? 변호는 무슨."

드디어 한가희가 나를 거론하기 시작했다. 나를 요모조모 살피는 눈빛이 내가 얼마나 당황하고 있나 가늠하는 것 같았다. 한가희가 정확한 계산을 하게끔 놔둘 수는 없어서 얼른 몸을 움직였다.

"나 지금 나가야 해. 버스 끊기면 큰일이야."

내가 막 서두르는 시늉을 하니까 그제야 한가희가 가방을 챙겨 들었다. 순순히 나가는 모습을 보니 그저 한번 찔러본 눈치다. 한가희에게 말려들지 않아 얼마나 다행인지, 나도 모르게 숨을 크게 몰아쉬었다.

한가희가 교실에서 빠져나가는 것을 보고서야 나는 이현아의 가방을 챙겨 들었다. 지금쯤 주차장에 차가 와 있을 거라 부랴부랴 주차장으로 뛰어갔다. 빵빵 소리가 나는 쪽으로 걸어가자 차창이 열렸다. 기사 아저씨가 나더러 집까지 데려다준다며 타라고 했다.

얼마쯤 가고 있을 때 한가희한테서 문자가 왔다. 거무스름한 사진이 한 장 첨부된 문자였다. 사진을 크게 확대해 보았다. 껌껌해서 선명하지는 않았지만 등에 멘 내 가방과 손에 든 이현아 가방은 확실했다. 사진은 내가 차에 타고 있는 장면이었다.

한가희 〈 너 실망이다. 지금 보자.

무슨 말인지. 〉 차우림

한가희가 다시 문자를 보냈다. 이번엔 전시회에 걸렸던 내 그림과 이현아 그림을 나란히 편집한 사진이 첨부되어 있었다.

한가희 〈 어디로 갈까? 너도 할 말이 있을 텐데.

한가희의 문자를 묵살할까 하다가 이대로 놔두면 내내 신경이 쓰일 것 같았다. 고심 끝에 만나자고 했다. 이미 밤 10시가 넘는 시간이었다. 한가희에게 오후가비로 오라고 했다. 오후가비에서 아이스 초코 두 잔을 시켜 놓고 한가희를 기다렸다. 10분쯤 지나서 한가희가 들어왔다.

"내가 네 그림을 얼마나 많이 봐 왔는지 알지?"

한가희는 잔뜩 흥분해 있었다.

"회화에서는 묘사할 때 붓 터치를 짧게 여러 번 덧칠하는 기법을 쓰고, 디자인 그림에서는 정확한 색으로 한 번에 깔끔하게 그리는 걸 권장해. 그런데 네가 그리는 발상의 전환에선 회화 느낌이 나. 네가 너도 모르게 회화 기법을 쓰고 있기 때문이야."

"……."

"그 버릇은 디자인 그림을 그릴 때 별로 도움이 되지 않아. 그런데 넌 그 기법을 절묘하게 잘 써서 매우 특별한 그림을 만들었어. 나도 따라 하려 했는데 안 되더라. 안 될 수밖에. 그건 너처럼 오랜 시간 회화를 하다가 디자인으로 바꾼 아이들에게서나 볼 수 있는 현상이거든."

한가희는 말하는 족족 소름 끼치게 맞는 말만 했다.

"너, 중학교 때 회화 했잖아."

"그게 뭐 어때서?"

"이현아 그림에도 그게 보여."

한가희가 스마트폰에서 좀 전에 나에게 보냈던 그림을 열어 보였다.

"네가 이현아 그림 그려 줬지?"

"아니."

한가희 관찰력에 놀랐지만, 침착하게 딱 잘라 말했다.

"더 증거가 필요하니?"

"한가희, 그런 데 신경 쓰지 말고 네 작품이나 신경 써. 우리 고3이야. 입시생이라고."

제발 더 이상 나와 이현아 일에 끼어들지 말았으면. 나는 속으로 제발, 이라고 외쳤다.

"그런 식으로 넘어갈 일이 아냐. 이건 입시 부정이자 방해야. 그뿐인 줄 알아? 우리 입시생들에게 피해를 주는 행위란 말이야."

한가희는 자기가 무슨 정의의 사도라도 되는 양 외쳤다. 카페에 있던 사람들이 우리 쪽을 힐끔힐끔 쳐다보았다. 이 상황에서 딱 부러지게 말 못하면 잘못을 인정하는 꼴이 될 것 같은 분위기였다.

"이현아는 집에서도 미술 과외 받는대. 학원에서는 버

벅대지만 숨은 실력이 있는 모양이더라. 소묘 끝나고 기초 디자인할 때 보니 진도가 빠르던걸. 너 정신 바짝 차려. 이현아가 너보다 앞서갈 수 있어. 그리고 Y 장학 재단 공모전은 아이디어에 더 가치를 두는 것 같더라. 현아 아이디어가 좋잖냐? 우리 같은 그림쟁이들은 걔 아이디어 평생 못 쫓아갈지도 몰라. 붓질만 잘하면 뭐 하냐? 내용이 안 좋은걸."

내 딴에는 강하게 밀어붙이려고 거짓말까지 섞어서 말했다. 한가희의 자존심까지 뭉갤 생각은 없었지만 결과적으로 한가희의 얼굴이 뻘겋게 달아올랐다.

"너 이런 애였니? 변해도 한참 변했다. 말을 어쩜 그렇게 재수 없게 하니?"

한가희가 자리를 박차고 일어났다.

"……."

"어쨌든 그런 짓 멈춰. 경고했어."

"아니라니까. 자꾸 그러면 명예훼손이야."

"웃겨. 대작이나 하는 주제에 누구한테 명예훼손했대? 그림 대신 그려 준 사실만 드러나면 이현아와 너, 둘 다 끝장이야."

"말 조심해. 또 한 번 대작이니 입시 부정이니 쓸데없는 소리 하면 가만 안 둘 거야."

말해 놓고 보니 내가 무서웠다. 이 무시무시한 말이 내 입에서 흘러나왔다니……

"왜? 명예훼손으로 고소하게?"

한가희가 그 말을 끝으로 오후가비에서 나갔다.

"……."

맥이 탁 풀렸다. 창문 밖으로 한가희가 지나가는 것을 보고서야 자리에서 일어났다. 오후가비 앞에서 한가희가 걸어간 쪽을 보았다. 멀리 한가희가 보였다. 늦은 밤이라 지나다니는 사람이 없어선지 한가희가 두드려져 보였다. 한가희는 무서운지 빠르게 걷고 있었다. 갈림길에서 한가희가 휙 돌아보았는데 마치 나를 피해 도망가는 것처럼 보였다. 기분이 이상했다. 이런 기분을 오이국 맛이라고 하는 건가. 요즘 들어 왜 자꾸 먹어 보지도 않은 오이국이 떠오르는 건지 모르겠다.

보리방귀

    엄마는 그 사람과 함께하는 시공을 최대한 줄여 나갔다. 어쩌다 한 공간에 있게 되면 비켜서 있거나 다른 쪽을 보았으며, 마주 걷게 되었을 때도 몸을 움츠려 지나갔다. 처음엔 그 사람이 그런 엄마를 보고 괴로워하는 것 같았는데 나중에는 본인이 알아서 피해 주는 경지에 이르렀다. 거실에 있다가도 엄마가 나오면 방으로 들어가고, 주방 쪽으로 가다가 엄마랑 마주치면 얼른 몸을 움츠려 벽에 붙이곤 했다. 할머니가 마땅찮다는 듯 얼굴을 찡그렸지만 나는 그게 정상이라고 생각했다.

    언니는 공부 핑계로 거의 학원과 독서실을 전전하며 모두 잠든 사이에 들어왔다가 새벽밥을 먹고 집에서 나갔다. 그 사람과 마주칠 일을 만들지 않는 것인지 재수생들의 일정이 워낙 그런 건지는 모르겠다. 할아버지마저 더는 그 사람을 거들어 주지 않았다. 할아버지는 아무리 그래도 임신은 아니지, 하는 말을 할머니에게 종종 속닥거렸다. 유인정의 탁란 사건 앞에서 할아버지랑 할머니가 의견 일치를 본 듯했다. 한 가지 찜찜한 것은 할머니가 아기 초음파 사진을 남몰래 들여다본다는 것이다.

그 사람은 종잇장처럼 얇아졌다. 가족에게 일용할 양식을 베풀어 준다는 이유로 군림하던 그 사람은 이젠 가족들 눈치나 보는 존재가 되었다. 그렇게 살아 보지 않은 사람이라 그런지 꽤나 힘들어했다. 어떻게 해서든 가정 내 자기 위치를 찾고 싶은지 노력의 일환으로 집안일을 돕겠다고 나섰다. 그런데 고작 고른 게 설거지다. 할머니가 그 꼴을 두고 볼 사람이 아니다. 결국 고무장갑도 못 껴 보고 주방에서 퇴출당했다.

그 사람이 다른 일거리를 찾아 두리번거리고 있을 때 할머니는 주방에서 서성거렸다. 그 사람이 어떤 행동을 하면 달려와 말리려고 준비 자세를 취하고 있는 것처럼 보였다. 잠시 고민하는 듯하던 그 사람이 베란다에 세워 둔 청소기를 들고 들어왔다. 기다렸다는 듯 할머니가 그 사람의 손에서 청소기를 채 갔다. 목요일에는 재활용 쓰레기 분리수거도 하려고 했다. 이번엔 할아버지가 그것은 자기 일이라고 내놓지 않았다. 할아버지는 그마저 안하면 용돈을 타 쓰기 미안하다고 절대 양보할 수 없다고 했다.

"넌 밖에 나가서 큰일하잖어. 이런 잔일은 하지 않아도 돼."

전에는 할아버지의 말이 그 사람의 기를 살려 주는 용도였지만 지금은 가정 내 왕따를 조장하는 말처럼 들렸다. 어쨌든 그 사람이 지금 집 안에서 할 수 있는 일이 없었다. 아무도 끼워 주지 않는다고 표현하고 싶지만, 엄밀히 말하면 이미 각자 자기 자리를 잘 지키고 있는데 어떤 사람이 갑자기 끼어든다고 하니까 다들 귀찮은 것이다.

상황이 이렇다 보니 그 사람은 별에 더 빠져 들어갔다. 이젠 금요일에 퇴근하자마자 바로 별 여행을 떠나 토요일 오전에 돌아오곤 했다. '별 헤는 밤' 말고 또 다른 동호회에도 든 눈치다. 어떤 때는 금요일에 떠났다가 일요일에 들어온 적도 있었다. 이럴 때는 금요일 밤엔 어떤 동호회, 토요일 밤엔 '별 헤는 밤' 동호회, 하는 식으로 활동하는 모양이었다. 망원경도 한 개가 더 늘어났다. 이번 것은 저번 것보다 훨씬 묵직했다. 마치 우리보고 봐 달라는 듯 삼각대의 키를 한껏 늘려 놓은 상태로 베란다에 설치해 놓았는데 아무도 들여다보는 사람이 없었다. 할아버지마저도 거들떠보지 않았다. 할아버지는 처음에 맨눈으로도 보이는 달을 못 찾은 경험이 있어선지 그 후로 천체 망원경에 매력을 못 느끼는 것 같았다.

요즘 우리 집 주말은 한적하다. 그 사람은 별 여행, 언니는 독서실, 할아버지는 노인 복지관, 할머니도 외출이 잦았다. 엄마도 친구를 만난다면서 외출하곤 했다. 온 식구들이 집에서 빠져나가면 인터넷 강의를 듣기에 딱 좋았다.

토요일 오후, 그날도 나는 인터넷 강의를 듣고 있었다. 이현아 생각이 나서 집중력이 떨어지긴 했지만. 왜 연락이 없지? 다른 사람을 구했나? 이런 생각이 비집고 들어올 때마다 나는 고3이다, 수능 성적이 2등급 이상은 나와야 서울권 대학에 원서를 낼 수 있으니 과목별 공부를 소홀히 할 수 없다, 이런 생각을 스스로 주입하면서 공부에 열중하려고 애썼다.

그렇게 시간을 보내고 있었는데 드디어 이현아에게서 문자가 왔다.

이현아 　뭐 해?

현아야, 오랜만이야.　차우림
요즘 어떻게 지내? 잘 지내지?

　실은 며칠 더 기다려 보고 그래도 연락이 없으면 내 쪽
에서 먼저 연락할 참이었다. 마침 전해 줄 공모전 소식
도 있었다. 이현아도 알고 있겠지만 'D-아트 공모전'에
대한 이야기를 해 주고 싶었다. 우리나라에서 가장 알아
주는 공모전이며 이 공모전에서 3등 안에만 들면 수도권
대학은 보장받을 수 있다는 것을. 내 그림 실력과 이현아
아이디어가 만나면 기대해 볼 만하다. 내가 그렇게 만들
것이다.

만날까? 할 말 있는데…….　차우림

　문자를 보내 놓고 나니 내일이 H 대학 실기 대회가 있
는 날이란 사실이 떠올랐다. H 대학까지 가려면 광역버
스와 지하철을 갈아타며 두 시간가량 장거리 여행을 하
게 될 텐데. 피곤하겠지만 어쩔 수 없다고 마음을 다잡았

다. 'D-아트 공모전' 마감 날짜가 임박하여 이번 주 아니면 여유가 없기 때문이다. 만약 이현아 역시 'D-아트 공모전'을 생각하고 있다면 내 제안을 거절하지는 않을 것이다.

예상대로 이현아는 자기 집으로 오라고 했고, 나는 'D-아트 공모전' 요강을 챙겨 들고 청명으로 향했다.

"어서 와."

이현아는 많이 수척해진 얼굴로 나를 맞았다. 이현아가 의자를 가리키며 앉으라고 했고, 자기는 맞은편으로 가 앉았다. 테이블 왼쪽 가장자리에는 예의 그 파일과 스케치북이 놓여 있고, 가운데에는 언제든지 그림을 그릴 수 있도록 그림 도구들이 펼쳐져 있었다. 붓 서너 개가 물통에 꽂혀 있었는데 물이 탁한 것 보니 바로 전에도 그림을 그린 것 같았다.

"힘들었어?"

내가 물었다.

"좀."

이현아가 조금 뜸을 들이다가 다시 입을 열었다.

"나는 사실 큰 기대를 하고 미술 학원에 접근한 건 아냐. 한번 상담이나 받아 보자, 하는 마음이었어. 그런데 원장님 말씀을 들어 보니 희망이 생기더라. 수업 커리큘럼도 체계적이어서 그대로만 하면 1년도 충분해 보였어. 원장님들이야 뭐 다 그렇게 말하겠지만…….."

이현아가 자기가 말하고도 웃긴지 피식 웃었다.

"너 중학교 때부터 그림 공부했다고 했니?"

"응."

나는 굳이 초등학교 때도 그림에 관심이 많았고 그림을 즐겨 그렸다는 말은 하지 않았다.

"하긴 나도 글쓰기에 공을 많이 들였던 것 같긴 하다."

잠시 정적이 흘렀다.

"미대 입시 시스템을 보니 공모전으로 스펙을 쌓으면 입학사정관이나 수시 전형으로 입학이 가능하겠더라고. 그래서 너에게 그런 제안한 거야."

그래서 어쩌겠다는 건지, 이현아가 진짜 중요한 말은 꺼내지 않고 있었다.

"학원은 어떻게 할 거야?"

"이젠 안 가지. 끊었어."

당연한 결정이고 예상했던 말이다. 그런데 그 말이 은근히 걱정되었다.

"미술은 어떻게 할 건데?"

"……."

"난 계속했으면 해. 너, 꽤 진도 나갔잖아."

이현아가 대답 대신 팔을 뻗어 스케치북을 끌어당겼다. 그리고 보란 듯이 스케치북의 첫 장을 펼쳤다. 학원 진도랑은 다른 그림인 걸 보니 자기 혼자서 연습한 그림 같았다. 이현아는 스케치북을 한 장 한 장 넘겨 맨 뒷장에 그린 그림을 펼쳐 놓았다.

"하면 할수록 조금씩 조금씩 좋아지는 것 같긴 해."

이현아가 나름 만족한다는 표정을 지었다.

"이 작품은 요즘 그린 거야? 좋네."

처음 미술 학원에 왔을 때보다 훨씬 좋아지긴 했다.

"미대 정시까지는 시간이 좀 있으니까 ……."

이현아는 갈등하고 있었다. 너무도 부족한 실력 앞에서 조금만 더 내 도움을 받고 싶은 마음과 자기 힘으로 하고 싶은 마음 사이에서 흔들리고 있는 것이다. 어쩌면 나에게 격려의 말을 듣고 싶은지도 모르겠다. 앞으로 정시까지는 일곱 달 정도 남았으니 충분히 가능해, 이런 종류의 말을 들으면 나와 거래를 끊는 데 미련이 없을 것이다. 그 마음을 알면서도 나는 딴소리를 했다.

"미대 입시생들에게 가장 영향력 있는 공모전이 있어.

D-아트 공모전 들어 봤니?"

이현아가 'D-아트 공모전' 요강을 보자마자 미간을 찌푸리며 보여 줄 게 있다는 듯 파일을 뒤적였다. 파일에서 뽑아낸 한 장의 A4지에는 이현아의 글이 쓰여 있었다.

〈팔각회향과 생물의 다양성〉

2013년에 상영된 〈감기〉라는 영화에서 새로운 질병이 제시된다. 일명 신종 감기다. 이 영화에서 보면 사람들은 신종 감기 앞에서 속수무책이다. 현실에서도 새로운 질병들이 출몰하곤 한다. 그 질병들은 마치 인간을 공격하듯 사람들에게 치명상을 입히고, 때로는 생명까지 앗아 가기도 한다. 영화 속 모습이 현실같이 느껴지는 이유는 충분히 있을 수 있는 일이기 때문이다.

2009년 신종 플루, 2014년 에볼라, 2015년 메르스 등 이러한 **전염병(공포)**이 발생하면 사람들에게는 그 병을 이겨 내는 형질이 필요하다. 이 형질을 가지고 있는 생물을 항체라고 한다. 생물이 다양하지 못하면 항체를 가지고 있는 생물체가 많지 않다. 이미 항체를 가진 생물이 멸종되었을 수도 있다. 2009년 신종플루 치료제로 쓰였던 타미플루는 중국의 '**팔각**

회향(불가사리 모양)'이라는 식물에서 추출한 성분으로 개발되었다고 한다. 만약 팔각회향이 없었다면 많은 사람이 희생되었을 것이다. 이처럼 모든 종은 그 생존을 다른 종에게 의존하고 있다. 따라서 어느 한 종이 사라지면 **도미노 효과(위압적 비주얼)**로 다른 종이 전멸할 수 있다. 하지만 항체가 있으면 백신을 만들어 낼 수 있다. 즉 **생물의 다양성이 유지된다면(평화롭고 자유로운 이미지)** 우리는 앞으로 더욱 수많은 질병을 이겨 낼 수 있을 것이다.

이현아는 이 글에서 중간 중간에 글자를 굵게 쓰고 그 옆에 간단한 설명도 붙여 놓았다. 아마도 그림에서 이미지화했으면 하는 단어들 같다. 다음 장엔 팔각회향에 대한 자료가 스크랩되어 있었다.

"지난 100년간 지구 평균 온도가 섭씨 0.6도 상승하였고, 온도가 3.5도 상승할 때 생물 종의 40~70퍼센트가 멸종할 거라는 보도를 들은 적이 있어. 어떤 학자는 2200년쯤엔 지구에 사는 종 중 4분의 3이 멸종하거나 멸종 위기에 처할 거래."

"2200년이면 멀지 않은 미래네."

"그렇지."

이현아는 더 할 말이 있는 듯 입술을 들썩였다. 하지만 한숨만 한 번 쉴 뿐 별다른 말을 꺼내지 않았다. 정적이 흘렀다. 정적을 틈타 이현아의 파일을 다시 한번 꼼꼼히 읽었다.

"이를테면 팔각회향은 대안이네?"

"팔각회향은 생물의 다양성을 유지해야 한다는 의미를 대신 표현해 주는 상징물이지."

지구온난화라 하면 환경오염을 유발하는 상황과 그것을 저지하기 위한 노력 정도만 떠올리는 나에게 팔각회향은 너무나 신선했다. 게다가 기승전결에 맞춰 정리해 놓은 문장에서는 정성과 열정이 느껴졌다. 이 모든 것이 그림에 대한 열정으로 이해되었다. 그러고 보니 그림 그리기에 앞서 주제를 문장으로 정리해 놓는 것은 이현아만의 특별한 습관이다. 이렇게 생각을 정리해 놓으면 아이디어를 도출하는 데 수월할 것도 같다.

아니나 다를까 나에게 놀라운 일이 일어났다. 이현아의 글이 이미지로 선명하게 떠오른 것이다.

"그리고 싶어."

이현아는 대답도 않고 가만히 있었다.

"생물의 다양성을 팔각회향으로 상징화하면 멋진 그림이 나오겠어."

"……."

이현아는 그러자고도 그러지 말자고도 하지 않았다. 깊은 생각에 잠긴 듯 창문가로 가서 기대섰다. 나는 화지를 펼쳤다. 스케치하는 소리를 들었을 텐데도 이현아는 나를 말리지 않았다. 이현아가 내 결정을 묵인한다는 뜻으로 받아들였다.

그림을 그리는 내내 이현아는 내 근처에 오지 않았다. 스케치에서 채색까지 모든 과정이 쉼 없이 이어졌다. 종의 무너짐은 도미노로, 생물 다양성의 보전은 팔각회향으로, 특히 팔각회향은 아름답고 생동감 있게 묘사했다.

이현아가 표시한 부분을 최대한 살려 채색까지 마쳤을 때 이현아는 방에 없었다. 이현아가 다시 나타나기를 기다렸다. 30분쯤 기다렸나, 멀거니 앉아 있기 어색해서 스마트폰을 열었다. 그림을 다 그렸다는 문자를 보내 볼까 했는데 문자보다는 직접 말로 하자던 이현아가 생각났다. 전화를 할까 하다가 그것도 멈췄다. 그림값을 달라는 뜻으로 비춰질 것 같았기 때문이다. 돈 때문에 한 일이지만 그렇다고 빚쟁이처럼 닦달할 생각은 없었다.

'아무리 대작을 한다지만 돈 앞에서 품위는 지켜야지.'

그림을 테이블 위에 놓고 방에서 나왔다. 저택에서 나오는 동안 이현아는 눈에 띄지 않았다. 집에 오는 동안 혹시 이현아에게서 문자라도 오지 않았을까 싶어 여러 번 스마트폰을 열어 보았으나 허탕이었다.

다음 날 나는 H 대학 실기 대회에 가기 위해 광역버스를 탔다. 이현아네 집을 다녀온 후유증으로 피곤했는데 잠깐 눈을 붙인다는 게 깜박 잠들어 버렸다. 사당역이라는 방송을 듣고서야 겨우 깨어나 허둥지둥 버스에서 내렸다. 지하철 2호선으로 환승하고 마침 자리가 나서 앉았는데 또 졸고 말았다. H 대학 입구역을 훌쩍 지나쳐 다섯 정거장이나 더 가서 깨어났다. 지각하면 큰일이다. 등줄기에서 땀이 흘렀다. 3학년이 된 후, 치르는 첫 실기 대회인데다 꼭 가고 싶은 대학에서 주최하는 대회라 놓쳐서는 안 된다. 절대로. 반대편으로 가서 돌아가는 지하철을 탈까 하다가 H 대학 입구역에서 H대까지 걸어가는 시간을 단축하려면 택시를 타는 편이 나을 것 같아 부랴부랴 택시를 잡아탔다.

"휴!"

그때 스마트폰에 진동이 울렸다.

한가희   오늘 오는 거지?

한가희
우리 학원 아이들 벌써 다 왔는데 너만 안 왔어.
박쌤이 문자 해 보라고 해서 한 거야.

'박쌤이 무슨! 자기가 궁금해서 한 거면서.'

나는 기사 아저씨에게 빨리 가 달라고 부탁했다.

'나 이러다 대학 못 가는 거 아냐?'

불안하게 회의적인 생각이 잠깐 들었다.

'이현아 스펙 챙겨 주다가 정작 내 스펙은 뒷전으로 밀리는 게 아닌지…….'

한 몸으로 두 인생을 사는 게 참 힘겹다는 생각도 들고 거기에다 한가희의 압박도 짜증났다.

간신히 시간 안에 H 대학에 도착했다. 허겁지겁 대회장에 들어가니 대회 참가자들은 벌써 앞치마에 토시까지 한 채로 만반의 준비를 하고 있었다. 아는 사람이 있나 싶어 둘러봤더니 한가희가 맨 앞 작업대에 앉아 있었다. 한가희는 그림 도구들을 작업대 위에 정렬해 놓느라 정신없었다. 아는 체할까 하다가 내 자리를 찾는 일이 더 바빠 그냥 지나쳤다. 자리에 앉아 숨을 돌리고 있자니 한가희가 돌아보았다. 한가희가 나를 보더니 빈 물통을 들고 흔들어 댔다. 나는 대회장에 들어오기 전 이미 물을 담아 왔다. 보조 가방에서 물이 가득 담긴 페트병을 꺼내 보여 주었다. 한가희는 알았다는 듯 물통을 들고 나가고, 나는 그림 도구들을 꺼내 작업대에 늘어놓았다.

그림 주제가 나왔다. 주제는 '드러내기'다. 나는 혼신의 힘을 다해 작품을 구상하기 시작했다. 대학에 갈 수 있는 기회가 절반으로 줄어든 상황이라 나에게는 더없이 소중한 대회다. 실력을 보여 줘야만 하는 절실한 기회이기도 하다. 수상을 해야만 이현아가 내 실력을 믿고 계속 거래를 할 것이기 때문이다.

이현아에게서 배운 아이디어 창출법을 사용해 보았다. 이현아는 아이디어를 창출할 때 두 가지 방법을 사용한다고 했다. 전혀 다른 두 개의 이미지를 연결하기와 거꾸로 생각하기. 아마도 '쇠똥구리와 자동차'가 전혀 다른 두 개의 이미지를 연결해서 얻어진 작품일 것이다. 〈보리방귀〉라는 시를 보여 준 적도 있다. 내가 시가 재미있다면서 낄낄 웃으니까 이현아가 웃기기만 하냐고 물었

다. 나는 웃기려고 쓴 시 아니냐고 되물었고 이현아는 그
게 아니라고 했다. 겉으로만 웃기고 속은 슬픈 시라고 했
다. 늘 보리밥만 먹는 가난한 아이들의 삶이 그 시에서
느껴진다나. 그러면서 그 시를 그림으로 표현하면 자기
는 슬픈 분위기로 할 거라고 했다. 아마 〈보리방귀〉는 거
꾸로 생각하는 법을 알려 주기 위해 예로 든 시일 것이
다.

  '그렇다면 드러내기는…….'

  '드러내기'는 일반적으로 가려져 있거나 보이지 않던
것을 겉으로 나타내는 것을 의미한다. 이현아 말대로 '드
러내기'를 거꾸로 한다면 감추거나 숨겨야 할까? 숨김으
로 인한 드러내기. 생각이 여기까지 미치자 문제는 한결
수월하게 풀렸다.

  '어둠이 있기에 빛이 드러날 수 있다. 빛을 드러내는
것은 어둠이다.'

  시계를 보니 8분이 지났다. 평소보다 빠르게 아이디어
를 도출해 냈다. 나는 의자에서 일어나 4B 연필로 선을
긋기 시작했다. 다른 작업대에서 아직 스케치하는 소리
가 들리지 않는 것으로 보아 이 시험장에서 내가 제일 진
도가 빠른 것 같다. 왠지 느낌이 좋았다. 화면 오른쪽 상

단에서 잡고 있던 어둠을 대각선 방향으로 풀어 주며 내려오는 그라데이션 기법으로 한 점, 화면을 하얀 데이지 꽃으로 채워 어둠과 밝음 속에서 드러내는 효과를 표현한 점, 모두 마음에 들었다. 대회가 끝나고 집으로 돌아가는 길에 한가희가 다가왔다.

"같이 가자."

달갑지 않았지만 딱히 거부할 구실을 찾지 못해 같이 걸었다.

"자영이는 어쩌고?"

"이 근처에 이모가 사나 봐. 들렀다 간대."

한가희랑 어색하게 걸었다. 오후가비에서 나눈 이야기가 아직도 앙금으로 남아 한가희를 보는 게 껄끄러웠다. 한가희가 내 눈치를 본다 싶었는데 역시나 꺼낸 말이 이현아였다.

"현아는?"

"이현아를 왜 나에게 물어? 걔 학원 끊어서 볼 수도 없는데……."

한가희가 내 말을 자르고 들어왔다.

"설마 현아 이름 쓰고 나온 건 아니지?"

"말도 안 돼."

네 오지랖을 나에게 펼치지 말라고 외치고 싶었다.

"너, D-아트 공모전엔 출품한 거지?"

한가희가 또 물었다. 그 순간 멈칫, 발걸음에 제동이 걸렸다. 티 나지 않게 제동을 풀고 걸었다. 나도 모르게 발걸음이 빨라졌는지 한가희가 서너 발자국 뛰어왔다. 한가희는 대답을 기다린다는 듯 내 팔을 툭 건드렸다.

"……."

이런 질문을 예상 못 한 것도 아니면서 대답을 마련해 두지 못한 것이 후회스러웠다. 출품하지 않았다고 하면 한가희에게서 나올 말은 뻔했다. 먼저 미쳤냐고 할 것이다. 그다음은 이현아에게 그림을 그려 줬냐고 의심할 것이다. 그렇다고 해서 출품했다고 거짓말을 하자니 찜찜했다. 내 자유의지를 한가희에게 구속받는 기분이 들자 짜증이 밀려왔다.

"설마 출품 안 했어?"

한가희는 내 머뭇거림을 대답으로 간주했다.

"미쳤어. 너 미쳤구나?"

걸음까지 멈추며 호들갑을 떠는 한가희의 과장된 행동이 부담스러웠다. 걸음을 빨리해서 한가희랑 멀어졌다. 한가희가 뒤따라오며 떠들어 댔다.

"그 대회가 어떤 대회인데 그걸 포기해?"

한가희가 다음에 할 말이 짐작되었다.

"너 먼저 가. 나 들를 데가 있어."

나는 뛰다시피 해서 H 대학 입구역으로 들어갔다. 뒤에서 한가희가 내는 헐 소리가 들렸다. 나는 마치 쫓기는 사람처럼 걸음을 재촉했고, 그러다 방향을 틀어 집으로 가는 방향과 반대인 지하철을 타 버렸다. H 대학 입구역에서 광역버스 정류장까지 30분이면 갈 거리를 한 시간 이상 걸려 돌아가기로 한 것이다.

한가희의 압박이 계속된다면 나는 미술 학원을 옮겨야 할 것이다. 어차피 옮겨야 한다면 당장 미술 학원을 그만두자. 그러면 누구의 압박과 눈치도 받지 않고 자유롭게 내 의지대로 행동할 수 있다. 막상 학원을 끊는다고 생각하니 막막했다. 학원을 그만둔다? 만만치 않은 결정이다. 그에 대한 대답을 미루고 있자니 내 안에서 또 다른 질문이 만들어졌다. 이현아와 하는 거래와 미술 학원, 둘 중에 하나를 선택하라면? 머릿속에서 이현아와 미술 학원이라는 단어가 번갈아 오르락내리락했다. 내가 결정을 할 때까지 그 작업은 멈추지 않을 것만 같았다. 거기서 벗어나고 싶어서 지하철 노선도를 보고 스마트폰을 열어 보아도 소용이 없었다.

궁여지책으로 이현아를 만나기 전의 내 모습을 생각해보았다. 그땐 이런 선택을 할 필요가 없었다. 나는 그저 열심히 그림만 그리면 되었다. 열심히 그림만 그리던 시절은 그 사람의 실체를 몰랐던 때이기도 하다. 만약 아직도 모르거나 그런 일이 아예 없었다면 상황은 달라졌을지도 모른다. 이런 선택을 하지 않아도 되던 날로 돌아가고 싶다는 생각이 들었다. 그러나 되돌리기에는 너무 멀리 왔다. 지금 이 순간에도 나는 혹시 이현아가 돈을 통장으로 입금했을지도 모른다는 생각에 기대를 걸고 있었다. 결국 광역버스에서 내려 ATM 기계로 걸어가는 나를 보고 확신했다. 이현아랑 거래를 끊을 수 없다는 것을.

"헐!"

안타깝게도 어제 오늘 사이에 입금된 기록은 없었다.

D-아트 공모전

한 달이 지나도록 이현아에게서 연락이 없다. 그림이 마음에 안 들어서 출품조차 하지 않은 것인지, 이젠 나랑 거래를 하지 않을 것인지 궁금했다. 궁금증과 함께 불안감이 점점 커져 갔다. 문자를 보내 볼까 했지만 직접 만나서 얘기하자던 이현아 말이 떠올라서 그만두었다. 하지 말라는 짓을 했다가 공연히 이현아 심기를 건드리기라도 하면 긁어 부스럼이다.

'곧 공모전 발표가 있을 테니 그때까지 기다려 보자.'

한 달이라는 기간은 너무나 길었다.

"우리 학원 아이들은 다 출품했겠지?"

한가희는 잊을 만하면 'D-아트 공모전'이야기를 꺼냈다.

"산디과, 시디과 입시생치고 D-아트에 출품 안 한 사람 없을걸."

예상 답안처럼 소자영이 대답하면 한가희는 한층 들떠 말했다.

"난 D-아트에서 3등 안에만 들면 무조건 H 대학에 수시 원서 쓸 거야."

한가희는 실컷 큰소리쳐 놓고 나를 흘끔 보았다. 내가 어떤 반응을 보일지 궁금한 눈치다. 그 속을 뻔히 알기에 애써 모른 척했다. 하지만 여간 신경 쓰이는 것이 아니다. 그 눈빛이 이런 대회에 너는 왜 출품 안 했어, 혹시 이현아 그림을 대신 그려 준 거 아냐? 하고 말하는 듯했기 때문이다.

비교적 비중 있는 공모전과 실기 대회가 끝나 가자 미술 학원 수업은 더욱 강도가 높아졌다. 하루에 한 작품씩 그려 내야 하는 강행군이 시작되었다.

한가희의 눈총은 계속되었다. 게다가 이현아는 연락도 없었다. 모든 상황이 나를 피곤하게 했다. 집안 분위기도 칙칙하기 짝이 없었다. 유인정의 2차 도발 이후 그야말로 침체 일로를 걷고 있었다. 입시생이 두 명이나 있는데도 전혀 염두에 두지 않는 분위기랄까. 하다못해 베란다에서 벌였던 별로 낭만적이지 않은 풍경조차 볼 수가 없었다.

그 사람은 이젠 베란다에 천체 망원경을 설치하지 않았다. 접었다 펴는 것도 귀찮은 건지, 아니면 가족 구성원들이 관심을 가져 주지 않아 재미를 못 느끼는 건지, 그 속을 알 수 없었다. 그렇다고 별 보는 취미를 그만둔 것은 아니다. 오히려 전보다 더 스케일이 커져 이젠 해외로 나갈 계획까지 세운 모양이었다.

"저 다음 주에 몽골 가요. 금요일 밤에 떠났다가 일요일에 돌아와요."

그 사람이 말했다.

"별 헤는 밤에서 가는 거여?"

할아버지가 심드렁하게 물었다.

"아니요. 별 무리에서요."

"그랴."

할아버지가 대답하고 나서 뒤늦게 뭔가 깨달은 표정을 지었다. 그 표정이 너 그래도 되니, 하고 묻는 것 같았다.

"지금 해외여행을 갈 맛이 나냐?"

할머니가 말했다.

"머리도 식힐 겸이요."

그 사람 말에 할머니가 혀를 길게 찼다.

'머리를 식히긴. 순 거짓말.'

나는 그 사람이 별 여행 간다는 말을 눈곱만큼도 믿지 않았다. 분명히 유인정, 그 여자에게 가는 것이다. 할머니도 그 사람을 믿지 않는지 오랫동안 쳐다보았다.

그 사람이 신문을 챙겨 방으로 들어가려다 할머니랑 눈이 마주쳤다. 할머니의 일장 연설이 시작되겠구나 싶어 나는 얼른 안방으로 들어갔다.

"엄마, 뭐 해?"

엄마가 화장대 앞에 앉아 노트북 자판을 두드리고 있었다.

"엄마, 블로그 해?"

"응."

"무슨 글 써? 나도 블로그 있는데 이웃 신청할까?"

"아냐. 내가 쓰는 건 다 비공개 글이야."

"일기 쓰는구나?"

"응."

엄마는 다이어리까지 펼쳐 놓고 있었다. 무슨 일정이

그렇게 많은지 날짜마다 뭔가가 빽빽이 적혀 있었다. 자세히 보니 온통 그 사람 일정이었다. 출퇴근 시간을 비롯해서 주말마다 그 사람이 간다고 했던 별 여행지와 출발 시각, 도착 시각까지 여간 꼼꼼한 게 아니었다. 물론 다음 주 금요일에 간다는 몽골 여행에 대한 내용도 있었다.

'우리 엄마 어쩌면 좋아.'

아직도 엄마가 그 사람에게 연연한다고 생각하니 한숨부터 나왔다. 내가 본다는 것을 눈치챘는지 엄마가 다이어리를 접었다. 나는 안 본 척 다른 이야기를 꺼냈다.

"엄마, 벨리댄스 안 해?"

"다른 거 해."

"뭐?"

"커피 바리스타. 자격증 따면 제빵이랑 제과도 배울 거야."

"우아!"

"예쁜 카페 차리면 재미있을 것 같지 않니?"

엄마 표정이 밝아졌다.

"정말 재미있을 것 같아. 나 알바로 써 줘요, 사장님."

"내 카페 맨 처음 알바생은 우리 우림이다."

엄마와 나는 웃으며 침대에 나란히 누웠다.

"내 카페는 아침 일찍 문 열 거야. 아침에 출근하는 사람들이 우리 카페에 들러 따끈한 아메리카노랑 예쁜 케이크 한 조각을 먹고 가는 거지."

"나도 먹고 싶다."

"그치? 우리도 그렇게 먹자. 창가 자리에서 먹자. 아차, 창밖엔 나무를 심을 거야. 그래야 차 마시다가 밖을 내다보았을 때 심심하지가 않지. 어떤 나무가 좋을까?"

과일나무니 꽃나무니 나무 이름을 댈까 하다가 그만두었다. 엄마가 좋아하는 나무를 고르는 것도 엄마에겐 즐거운 일이라고 생각했기 때문이다. 나는 엄마가 지금처럼 자신에게 많은 시간을 쓰는 것이 고무적이라고 생각했다.

그날 밤, 언니에게 엄마의 다이어리 이야기를 했다.

"엄마는 아직도 아빠를 사랑하나 봐."

"차우림, 너 아직 멀었다."

언니가 콧방귀를 뀌었다.

"나?"

"엄마가 이혼 준비를 하고 있는 거야. 그 일기는 나중에 이혼 자료가 될 거야. 주말마다 혼자서 여행 가는 남편, 가정적이지 않아. 게다가 바람피운 남자가 주말마다 여행을 간다는 것은 치명적이지. 집안일도 전혀 돕지 않고 있잖아. 엄마와의 관계를 개선하기 위해 별로 노력하는 것 같지도 않고. 그런 정황들을 다 기록해 두면 엄마에게 유리한 자료가 되겠지. 하지만……."

"?"

"난 엄마가 섣불리 이혼소장을 내는 것엔 반대야. 저번에도 말했지만 이혼하려면 준비를 해야지. 하다못해 이혼 자료 모으는 것도 기간이 길수록 유리할 거 아냐. 난 준비 기간을 한 10년으로 본다."

"10년씩이나? 아빠가 두 집 살림을 하게 내버려 두란 말이야?"

"경제력 없는 너나 나도 문제지만 엄마를 봐라. 엄마는 아빠를 너무 믿었어. 전혀 자기 생활을 만들지 않을 만큼 아빠가 믿음직스러웠나? 덕분에 지금 정신적으로 물질적으로 진퇴양난에 빠졌어. 이런 엄마가 홀로 서려면 10년은 걸릴 거야."

"내가 보기엔 엄마를 위한 10년이 아니라 언니의 인생 플랜에 맞춘 연수 같은데?"

"어쨌거나. 더 좋은 건 뭔지 아니?"

"뭔데?"

"아빠가 돈 벌어 올 때까지만 사는 거야."

"그때가 언제야?"

"아무리 능력 있어도 65세 넘으면 일 못하지 않냐?"

"65세면 앞으로 15년은 더 살아야 해. 더 길어졌네."

15년이면 그 여자의 아이가 열다섯 살이 된다. 열다섯 살짜리 이복동생이 생부를 찾아 우리 집에 나타나는 상황을 상상해 봤다. 다들 올 것이 왔다고 인정은 하겠지만 우왕좌왕 정신없을 것이다. 그 여자가 자기 아들을 앞세우고 들이닥칠 수도 있다. 그것은 지금까지 있었던 두 번의 나 홀로 등판보다 훨씬 파장이 클 것이다. 그나저나 유인정이 또 무슨 도발을 하려고 웅크리고 있는지 내심 걱정되었다.

"언니, 그 여자가 잠잠한 것 이상하지 않아?"

"아빠가 주말마다 찾아가니까 잠잠하겠지."

"정말 그럴까?"

막상 언니도 같은 생각이라니까 그것이 기정사실처럼 여겨졌다.

"그럼 몽골 여행도 그 여자랑?"

"뻔하지 않냐? 같이 가든지 아니면 같이 있든지"

언니는 깊이 생각할 필요도 없다는 듯이 말했다.

여러 가지 상상과 계획을 만들어 낸 그 사람의 몽골 여행은 그대로 시행되었다. 그 사람이 몽골로 출발하기 전에 할머니가 유난히 전전긍긍했다. 추측이지만 따로 대화를 나눴을 가능성이 많다. 할머니가 이렇게 말했을 것이다. 아이는 어떻게 할 거냐? 그러면서 간직하고 있던 초음파 사진을 내밀겠지. 그러면 그 사람은 펄쩍 뛸 것이다. 이거 가짜예요. 나한테 돈 뜯어내려고 수작을 부리는 거예요. 그런 종류의 말을 할 가능성이 많다. 나중에 들통나는 한이 있어도 일단 발뺌하고 보는 사람이니까.

어쨌든 그 사람은 몽골을 다녀왔다. 몽골에 갔다 와서는 진짜 별 여행을 갔다 왔다는 듯 별 사진을 늘어놓았다. 할아버지가 조금 반응을 보였고, 할머니는 시큰둥했고, 엄마는 그런 말 할 때 나와 보지도 않았다. 나는 저런 사진은 인터넷에 얼마든지 있다고 생각했다. 언니도 마찬가지였다. 그 사람이 면세점에서 샀다며 선물 꾸러미를 내놓자 각자 자기 선물에만 관심을 보였다. 할아버지와 할머니는 지갑, 나와 언니는 초콜릿, 엄마는 반짝이는 시계였다. 할머니가 시계를 안방으로 갖다주었을 때 엄마는 엷은 미소를 지으며 시계를 받았다. 그 모습을 언니는 이렇게 해석했다. 선물을 주었는데 받지 않으면 화해하자는 제스처를 거부한 것으로 여겨져 엄마에게 불리한 증거자료가 된다고. 나는 생각보다 깊게 분석하는 언니에게 이혼 전문 변호사가 될 거냐고 물었다. 언니가 펄쩍 뛰면서 아니라고 했다. 자기는 그런 골치 아픈 일은 하기 싫다나. 단지 엄마가 이혼하자고 할까 봐 걱정되어 이것저것 찾아보다가 알게 되었다고 했다.

그 사람의 몽골 여행으로 시간이 어영부영 흘러가 버렸다. 그러는 사이 잠깐 잊고 있던 D-아트 공모전 발표가 있었다.

2등 이현아 제일 고등학교 3학년 1반

당연한 결과다. 이현아 아이디어와 내 그림 실력이 만났지 않은가. 나는 내가 그림을 잘 그렸다는 사실보다도 이현아가 그 그림을 출품했다는 사실이 더 기뻤다. 곧 100만 원을 주겠다는 연락이 올 것이다. 최영태가 3등이고 한가희는 특선이다. 소자영은 입선자 명단에 없었다. 우리 미술 학원 아이들 중 수상자가 또 있는지 살펴보는데, 한가희에게서 장문의 문자가 왔다.

한가희

> 이현아가 2등 했다. 말이 되냐?
> 이 대회가 어떤 대회인데 그림 배운 지
> 6개월밖에 안 된 애가 2등을 해?
> 내가 이현아 그림을 봤는데 묘사 쩔고,
> 네가 잘 쓰는 투시도 쩔더라.
> 이번에는 회화 기법은 안 쓰려고 조심했네. ㅎㅎ
> 도대체 이현아가 뭔데 네가 그림을 대신
> 그려 주는 거야? 내가 경고했지?
> 또 그러면 가만있지 않겠다고.

한가희가 독이 잔뜩 올라 있었다. 오늘은 학원에 가지 않는 편이 낫겠다고 생각했다. 버스 정류장으로 가던 발길을 돌려 공원으로 향했다. 공원으로 가면서 원장님한테 오늘은 아르바이트를 못한다는 문자를 보냈다. 원장님은 아직 공모전 소식을 모르는지 별말이 없었다. 아직 한가희가 떠벌리지 않은 모양이다.

'그런데 이현아에게서 왜 연락이 안 오지?'

맨 먼저 눈에 들어온 벤치로 가 앉았다. 얼마간 앉아 있자니 좀이 쑤셨다. 결국 내가 먼저 문자를 보내기로 결심했다. 다른 말 없이 D-아트 공모전 발표 화면만 캡처해서 문자에 첨부했다.

'답장이 와야지. 안 오면 안 되지.'

조금만 더 참을걸 그랬나. 하지만 문자를 보낸 것을 두고 계약 위반이라고 하면 나는 나대로 할 말이 있었다. 공모전에 출품했으면 나에게 마땅히 연락해야 하지 않나. 만약 연락이 오면 그렇게 말해 주려고 벼르고 있는데 스마트폰에 진동이 울렸다. 또 한가희였다.

한가희 **주최 측에 제보할 거야.**

한가희가 진짜 무슨 일을 낼 모양이다.

"제발 오지랖 좀 그만 펼치라니까."

혼자 중얼거리는데 이현아에게서 전화가 왔다. 냉큼 전화를 받으니 이현아가 다짜고짜 지금 자기 집으로 오라고 했다. 곧바로 버스를 타고 성대역으로 갔다. 성대역에서 지하철로 청명역까지 가는 동안 한가희에게서 전화가 여러 번 왔지만 받지 않았다. 스마트폰 진동 소리가 말발굽 소리처럼 들리고, 여러 마리의 말이 나를 향해 달려오는 것 같았다. 청명역에서 이현아 집까지는 뛰어서 갔다.

"연락이 늦어서 미안해."

이현아는 자기 방에서 나를 맞이했다.

"아니, 뭐."

나는 별로 기다리지 않은 척 담담하게 말했다.

"그동안 고민이 많았어. 네가 그린 그림을 출품하느냐 마느냐. 한참 고민했고 출품하고도 취소할까 말까 엄청 고민했어. 아, 그런 말이 지금 무슨 소용이야. 어쨌든 미안해. 출품을 한 이상 계산은 해야 하는데 너무 늦었다."

이현아 얼굴에 출품한 것을 후회하는 빛이 역력했다. 하긴 저번에 그림을 그릴 때도 이현아는 미지근한 태도를 보였다. 나에게 그리라는 말을 하지 않았는데도 내가 우겨서 그린 거나 다름없었다.

"그런데 전화 온 거 아니니?"

이현아가 신경 쓰인다는 듯 이맛살을 찌푸렸다.

"안 받아도 돼."

한가희에게서 온 전화일 것이다. 주머니 속에서 스마트폰 버튼을 길게 눌러 전원을 꺼 버렸다.

"지금쯤 학원 아이들이 알았겠지? 한가희가 의심하지 않을까?"

"신경 쓰지 마. 걔는 쓸데없이 오지랖이 넓어서 탈이다. 그건 그렇고. D-아트 공모전 2등이면 웬만한 대학에 수시 합격은 보장이야. 네가 미대 입시 포기하지 않았으면 좋겠다."

내 성과에 대한 피력과 앞으로의 전망을 최대한 어필하려고 노력했다. 2등이라는 등수로 자신감을 완전 회복한 나는 조금 들떴다. 들뜬 기분에 우리의 거래를 좀 더 유지하자고 말하려는데 이현아가 봉투를 꺼내 내 쪽으로 밀었다.

"수상을 했으니 더 넣었어."

"응. 고마워. 난 네가 원한다면 또 그릴 수 있어."

이현아는 긍정도 부정도 아닌 애매한 표정을 지으며 의자에서 일어났다. 이젠 집에 돌아가라는 뜻이다.

돈 봉투를 주머니에 집어넣었다. 이현아가 방문을 열고 서 있었다. 이현아 집에서 나와 청명역으로 향했다. 한가희가 또 무슨 문자를 보냈을까. 걸어가면서 스마트폰을 열어 보았다. 의외로 한가희 문자는 없고 소자영이 보낸 문자가 세 통이나 와 있었다.

소자영

'대학 입시'라는 사이트 들어가 봐.
메뉴 중 미대 입시 게시판에 이상한 글이 떴어.

지금 학원 난리야.

빨리 학원으로 오든지.
원장님하고 박쌤이 너 찾더라.

나는 소자영 문자보다 돈 봉투가 더 궁금했다. 청명역 화장실로 가서 돈 봉투부터 열어 보았다. 예상했던 액수가 들어 있었다. 이런 거래를 앞으로 일곱 번 정도만 더 하면 원룸 보증금을 모을 수 있을 거라고 생각하니 세상에 두려울 게 없었다.

돈 봉투를 가방에 잘 챙겨 넣고 화장실에서 나왔다. 지하철을 타러 갈 때 또 한 번 스마트폰에 진동이 울렸다. 원장님이다. 받지 않았더니 한 열 번쯤 울리다가 끊겼다. 부재중 전화가 다섯 통이나 와 있었다. 원장님과 박쌤이 번갈아 한 전화였다. 한가희가 대작 어쩌구저쩌구하며 수다를 떨었나? 설사 그렇다 하더라도 이현아는 이미 우리 학원 아이가 아닌데 왜 신경 쓰지?

원장님과 통화하기에 앞서 사전 지식을 습득하기 위해 소자영이 일러 준 사이트에 접속했다. 현재 조회 수가 가장 많은 글이 '내 친구는 모 그룹 손녀'였다. 내가 보는 순간에도 조회 수가 빠른 속도로 올라갔다. 나랑 상관없는 글이라 생각하고 다른 글을 찾고 있는데 소자영이 또 문자를 보냈다.

소자영 　이현아가 재벌 집 손녀니?

그 말을 듣는 순간 머리털이 주뼛 솟았다. 이현아가 재벌 집 손녀인지는 모르겠지만 부잣집 딸인 것은 확실하다. 그렇다면 지금 가장 인기 있는 이 글이 이현아에 대한 이야기란 말인가. 글은 자기가 다니는 미술 학원에서 일어났던 일이라는 문장으로 시작되고 있었다.

오해

제가 다니는 미술 학원에서 일어난 일이에요. 우리 학원에 재벌 손녀딸 같은 여학생이 겨울방학 특강을 들으러 왔어요. 입시를 딱 1년 앞두고 왔기에 다른 미술 학원에서 그림을 그리다 온 줄 알았어요. 그런데 아니었어요. 이 아이는 4B 연필을 잡을 줄도 모르는 왕초보였어요. 그런데 이 아이가 다닌 지 세 달쯤 되었을 때 모 장학 재단에서 주최하는 공모전에 작품을 내고 싶다는 거예요. 그러면서 저에게 도와 달라고 했어요. 자기를 도와주면 돈을 주겠다면서요. 학원에 기사가 끄는 승용차를 타고 다녔으니 그 액수 상상되죠? 저희 집은 가난해서 학원비 내기도 벅찼거든요. 요즘은 알바까지 하는 상황이다보니 거절할 수가 없었어요. 저는 그 아이가 시키는 대로 했어요. 그런데 그 작품이 상을 탄 거예요. 상을 타니까 그 아이가 계속 부탁했어요. 자기는 공모전 스펙으로 대학 수시 모집에 원서를 쓰겠다는 거예요. 그리고 더 많은 돈을 제시했어요. 뿌리칠 수가 없었어요. 최근엔 모 협회에서 주최하는 공모전에서 또 상을 탔어요. 제가 그린 작품이 상을 타니까 좋긴 하지만 상은 실제로 그 아이가 타게 되고 대학 입시 원서에도 그 아이의 스펙으로 기록되겠죠.

이현아와 나 사이에 있었던 이야기가 적나라하게 쓰여 있었다.

'꼭 내가 쓴 글처럼 쓰였어.'

만약 이현아가 이 글을 봤다면 오해하기 딱 좋았다. 작성자 닉네임이 똑딱단추다. 의심할 여지없이 똑딱단추는 한가희다. 세월호 그림에서 똑딱단추를 거론한 사람도 한가희고, 학원 주차장에서 이현아네 자동차를 타는 나를 본 사람도 한가희다.

"한가희, 너."

한가희에게 전화를 하려다 멈칫 다른 생각이 들었다. 이 게시글은 한가희가 던진 낚싯줄일 수도 있다. 내가 무슨 반응을 보이면 그래 너 맞지, 하고 쾌재를 부를지도 모른다. 그렇다면 차라리 모른 척해서 나는 그 일과 전혀 상관없다는 듯 행동하는 것이 낫지 않을까. 이럴까 저럴까, 또 선택의 기로에 섰다. 양쪽 중 조금이라도 더 무게가 실리는 쪽이 있으면 좋으련만. 양쪽 다 흡족하게 와닿지 않았다. 머리가 지끈지끈 아파 왔다. 어딘가에 가서 내 한 몸을 쉬게 하고 싶다는 생각으로 무작정 걸었다.

"아이스 초코요."

내가 도착한 곳은 오후가비였다. 아이스 초코를 주문하고 한갓진 자리에 앉았다. 앉자마자 스마트폰을 열었다. 똑딱단추가 올린 글에 댓글들이 포도송이처럼 주렁주렁 매달렸다.

네티즌들은 어느 미술 학원이냐, 그 재벌이 누구냐, 하고 물었다. 또 누군가는 마음만 먹으면 금방 신상을 털 수 있다는 댓글을 올렸다.

'내가 괜찮다는데 왜 그러지?'

입안이 바짝바짝 타들어 갔다. 아이스 초코를 한 모금 빨아 마셨다. 또 한 편의 긴 글이 올라왔다.

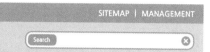

SITEMAP | MANAGEMENT

그 재벌 집 손녀를 A라고 할게요. A는 미술 실력이 형편 없었어요. 그런데 웃기는 것은 그림만 못 그릴 뿐이지 다른 부분은 월등했어요. 디자인 전공할 학생들은 발상의 전환 같은 창의력을 요하는 그림을 그립니다. A가 자기 아이디 어 얘기하는 것을 들었는데 정말 참신하고 독특했어요. 그 걸로 미루어 보아 A는 친구 B(똑딱단추 님)에게 자기 아이디 어를 주고 그림을 그리라고 했을 거예요. 그러니까 A 아이 디어를 B가 그림으로 표현해 준 거죠. B는 다년간 갈고닦 은 미술 실력을 갖춘 학생으로서 공모전에서 가뿐하게 상 을 타 주었겠죠. 물론 상을 타게 해 준 대가가 지불되었을 겁니다. 지금 생각해 보니 A는 작정하고 미술 학원에 들어 온 것 같아요. 그래서 들어오자마자 그림을 가장 잘 그리는 아이를 물색해서 단짝이 된 다음 작업을 한 거죠.

이번 글은 마치 제3자가 지켜본 것처럼 쓰여 있었다.

이 글의 작성자 닉네임은 얄궂게도 단춧구멍이다. 글의 패턴이나 분위기상 똑딱단추가 쓴 글 같은데 A도 B도 아닌 C 입장으로 쓴 폼이 자기 딴에는 객관적인 입장을 취하여 네티즌들의 공분을 일으키려는 것 같았다. 역시 댓글들이 꼬리에 꼬리를 물고 이어졌다. 조회 수가 순식간에 만 회를 넘어섰고, 이 주의 가장 인기 있는 글로 메인화면에 올라갔다.

댓글 중에 짱구가 공모전은 각자 그려서 제출하기 때문에 얼마든지 남의 손이 갈 수 있다고 쓰자 비엔날레가 말도 안 된다면서 비리라는 단어를 세 번 반복해서 썼다. 당나귀는 누군가 조금만 만져 주면 작품이 훨씬 좋아질 수도 있다고 썼다. 이 말은 재벌 집 손녀 A가 그 유혹을 뿌리치기 힘들었을 것이라는 의미로 읽히는 동시에 이런 일이 정말 일어날 수 있다는 것을 암시해 주었다. 이에 똑딱단추가 나타나 '안타까운 일이죠. 쩝' 하고 답글을 달았다. 그 밑으로 웅덩이는 'B, 그 학생도 문제예요. 좋은 재능을 왜 그렇게 써요?' 하고 ㅠ를 길게 붙여 놓았고, 빨간봉투는 돈 주는데 마다할 수 있겠냐며 '그것도 아주 많이'라고 덧붙여 썼다. 웅덩이가 '돈 주면 자기 영혼도 팔 거냐, 세상이 망가지는 소리가 들리는 것 같다'

며 개탄하는 어조를 구사했다.

　남 일에 관심도 많아, 나는 네티즌들의 관심에 짜증이 났다. 그러면서도 혹시나 나와 이현아를 옹호해 주는 글이 올라올까 싶어 기다려 보았다.

↳ [까칠] 그러니까 A 아이디어로 B가 그림을 그렸다는 말씀? 이럴 때 그림의 주인은 누구죠?

　까칠이 새로운 문제를 제기했다.

　'한 번도 그 그림이 내 것이라고 생각해 본 적 없어. 나는 그런 아이디어를 갖고 있지 않았어. 그 아이디어가 좋든 나쁘든 나 혼자 그렸다면 그 작품은 나오지 않아. 절대로. 똑같은 아이디어를 한가희나 소자영에게 주고 그리라고 했어도 내가 그린 작품과 비슷한 작품이 만들어졌을 거야.'

　나는 까칠이 나에게 질문한 것인 양 속으로 말했다. 한참 화면을 들여다보고 있자니 피곤했다. 그만 그 사이트에서 벗어나고 싶었다. 그러나 그렇게 되지가 않았다. 계속해서 달리는 댓글이 궁금했기 때문에 그곳을 떠날 수가 없었다.

까칠의 댓글에 답글들이 달리기 시작했다.

↳ [보라] 미술 입시를 준비하는 학생으로서 제가 한 말씀을.
우리 미술 입시생들은 적어도 3년 이상 그림에 매달립니다. 초등
학교 때부터 붓을 든 아이들도 많아요. 우리들은 수없이 그림을
그려요. 입시 초절정기, 그러니까 고3 막바지에는 하루에 두세 작
품을 완성하기도 하죠. 아침 9시부터 밤 9시까지, 하루 12시간 동
안 붓을 들고 있답니다. 그렇게 완성한 작품에는 내 노동력과 시
간이 들어가 있어요. 오랜 세월, 그야말로 혼자서 갈고닦은 내 미
술 실력도 오롯이 들어가 있어요. 아무리 아이디어가 좋아도 그
린 이의 노력과 수고가 없다면 그것이 작품으로 만들어질 수 있
을까요?

↳ [고흐] 보라님 의견에 완전 동감합니다. 그 그림은 누구의 것
도 아닙니다. 그냥 쓰레기죠.

↳ [보라] 그니까요. 정황상 A가 먼저 제안한 일인 듯. 대학 입시
에 이런 일을 꾸미다니 A의 발상이 너무나 발칙해요.

↳ [워홀] 그런데 말입니다. A와 B 사이에 서로 합의가 잘 되었다

면 어떻게 되는 겁니까? 다시 말해 아이디어를 가진 A가 B를 고용하여 그림을 그리도록 했고, B는 자기가 그린 그림이지만 전혀 자기 작품이라고 여기지 않는다면 말입니다. 그렇다면 이 그림은 A 작품으로 인정해도 되지 않겠습니까?

댓글과 답글들은 거의 모두 A와 B의 거래, 특히 A에 대한 비난이 심했는데 반갑게도 워홀이 올린 글은 달랐다. 그는 A와 B의 거래에 우호적이었다. 하지만 그 밑으로 달린 댓글들은 역시 A에 대한 비난조가 일색이었다. 그런 식으로 화가가 될 수 있다면 미술대학에 가려고 하는 이유가 뭐냐, 미술대학에 가서 뭘 배우려는 거냐, 돈만 있으면 자기보다 그림 잘 그리는 사람을 사서 시키면 되는 거냐 등등. 사람들은 점점 흥분했다. 돈으로 안 될 것이 없는 세상이라는 둥, 돈 있는 사람들의 갑질이 미술입시 판에도 나타났냐는 둥 한탄하는 글들이 새롭게 달리기 시작했다.

↳ [고갱] 합의? 이게 합의한다고 될 일인가요? 합의가 될 만한 일이 아니니 결국 B의 폭로로 세상에 드러난 거겠죠.

ㄴ [보라] 아이디어와 그림 실력을 어떻게 돈으로 거래한다는 건지. 거래란 가치가 비슷해야 이뤄지는 거 아닌가.

ㄴ [망초꽃] 이건 돈 문제가 아닌 것 같은데요.

망초꽃이 지금까지와는 다른 이야기를 하려는 것 같았다. 나는 그다음에 이어질 이야기를 가슴 졸이며 기다렸다. 망초꽃이 한마디 던지고 뜸을 들이자 아뜨리에가 나타났다.

ㄴ [아뜨리에] 이건 콘텐츠와 실행의 문제로 봐야 할 듯합니다. 콘텐츠가 좋으면 손재주 좋은 조수를 시켜서라도 작품을 만들죠.

나로선 반가운 글이다. 나와 이현아가 함께한 작업에 잘 부합하는 글이기 때문이다. 비록 내 그림 실력을 손재주라고 표현한 것은 불편하지만. 그래도 그것은 아뜨리에가 제대로 된 단어를 선택하지 못했을 뿐이지 비하의 의도로는 읽히지 않았다. 조금은 내 편을 드는 것 같은 글에 기대고 싶은 마음과는 달리 네티즌들은 더 흥분했다. 에이플러스가 지금 손재주라고 말했냐고 반문했다. 그러면서 이건 그림 그리는 사람들을 폄훼하는 발언이라고 썼다. 글의 느낌으로 보건데 상당히 강경해 보였다. 노랑붓꽃이 에이플러스의 댓글에 동조하듯 '붓 터치, 화면 구성과 질감, 색채 등을 고려한 종합적인 생각과 판단에 의해 이루어지는 작업을 단지 손재주라니. 쩝!'이라고 썼다. 이곳에 댓글을 쓰는 사람들은 거의 미술대학 지망생들이겠지만 노랑붓꽃 역시 미술 지망생으로서 억울하다고 항변하는 것처럼 보였다. 이어서 도화지도 화가를 기술자로 생각하는 태도가 유감스럽다고 썼다. 모두다 한통속같이 아뜨리에를 몰아붙였다. 누군가 한 사람이라도 아뜨리에 의견에 동조하는 사람이 나타나면 좋으련만. 아무리 기다려도 아뜨리에 의견에 동조하는 사람은 나타나지 않았다. 네티즌들이 벌 떼처럼 달려들자 아뜨리에는 자기가 쓴 글을 내렸다. 생각해 보니 아뜨리에가 일부러 네티즌들의 공분을 사려고 그런 애매한 글을 올린 건가 싶었다. 망연자실해 화면을 주시하고 있는데 객시라는 사람의 글이 올라왔다.

ㄴ [객시] 실은 전에도 미술계에는 이러한 관행이 있었다고 합니다. 레오나르도 다 빈치나 로댕도 수습생을 두고 작업했으며, 루

벤스나 렘브란트 같은 화가들도 모든 작품을 손수 그리지는 않았다고 합니다. 앤디 워홀 같은 화가도 늘 조수를 두고 작업을 했다고 합니다. 방금 전에 글을 올렸다가 내리신 아뜨리에님이 말씀하신 것처럼 콘텐츠가 좋으면 자기보다 그림을 잘 그리는 사람이 대신 표현해 줘도 상관없지 않나요? 그림을 감상하는 입장에서 화가가 직접 그렸느니 안 그렸느니 따질 필요가 뭐 있습니까? 좋은 작품을 향유할 수만 있다면 저는 얼마든지 환영합니다.

드디어 내 입장을 제대로 대변해 주는 글이 등장했다. 멀리 떠내려가는 나에게 줄을 던져 주는 느낌이랄까. 나는 그 줄을 잡고 늘어졌다. 한 가닥 작은 줄이지만 충분히 나를 위로하고도 남았다.

나는 객시님이 좀 더 의견을 개진해 주었으면, 사람들이 그의 의견에 공감한다고 표현해 주었으면 했다. 그러나 네티즌들은 그의 글을 두고 보지 않았다. 앤디 워홀 같은 사람은 아예 교실을 공장이라고 부르며 대놓고 상업미술을 한 사람이다, 이 경우랑은 전혀 다르다, A와 B는 도둑처럼 숨어서 한 짓이다, 더구나 입시생들에게 대작이 웬 말이냐……. 대부분 이런 글들이 쏟아져 나왔다.

객시님에게 글을 내리라는 댓글을 단 사람도 있었다.

나는 객시님이 글을 내릴까 조마조마했다. 나라도 객시님의 의견에 동조하는 글을 올려야겠다고 생각했다. 내 변호도 할 겸. 막 글을 쓰려고 하는데 누군가 A가 누구냐고 묻는 글을 올렸다. 다시 A에 대한 이야기로 흘러갔다. 어떤 네티즌은 자기가 A의 정체를 밝혀 보겠다고 했다. 그 글에 네티즌들의 관심이 쏠렸다. 신상 털기를 우려하는 사람도 있었지만 대부분 A의 신상을 궁금해했다. A의 정체를 밝혀 보겠다고 한 사람은 지금부터 자기에게 A와 관련된 제보를 해 달라며 자기 이메일까지 공개했다. 게시판은 어느새 A 신상에 대한 글로 메워졌다. 답글 중에는 B 신상도 같이 조사하자는 글도 있었다. 설마 했던 일이 벌어지는구나, 가슴이 바짝 조여 왔다. 누군가 A 신상이 밝혀지면 B 신상은 자연적으로 따라 나오게 된다고 했다. 그러면서 끝에 A와 B 단짝이라며, 하고 덧붙였다.

"제발!"

그때 누군가 또 글을 올렸다. 첫마디가 탁란이었다. 탁란? 어디서 들어 본 단어인데, 생각해 보니 엄마가 유인정을 두고 한 말이다. 나는 그 말을 인터넷에서 찾아본 적이 있다. 그때 뻐꾸기가 한 끔찍한 행동을 보고 몸서리쳤다. 그런데 이 일과 그 일이 무슨 상관이 있다고.

그는 A 아이디어는 알이고, B는 그 알을 받아 키운 것이라고 했다. 그러므로 A는 뻐꾸기이고 B는 뱁새라고. 결국 뱁새는 뻐꾸기 알을 키우지만 자기 알을 잃게 될 거라나. 그 글에 네티즌들이 댓글을 달기 시작했다. B가 바보짓을 했다고 놀리는 글부터 시작하여 안타깝다고 동정해 주는 글에, 내 진로를 걱정해 주는 글까지 여러 가지 글이 주렁주렁 매달렸다. 동정도 걱정도 다 내가 바보짓을 했다는 발상에서 나온 말로 나를 뱁새로 몰아가고 있었다.

불쾌했다. 지금까지 나왔던 그 어떤 말에 비할 수 없을 만큼 기분이 나빴다.

'내가 그 사람을 얼마나 경멸했는데……..'

그 사람이 유인정과 함께 엄마를 상대로 벌인 탁란 사건을 나도 똑같이 저질렀단 말인가. 나도 그 사람처럼 탁란에 가담했다니. 나랑 이현아는 거래를 한 거다. 나는 우리의 거래가 탁란이 아니라는 것을 설명하기 위해 자료를 찾기 시작했다. 며칠 전에 텔레비전에서 방영되었던 뻐꾸기가 가장 먼저 검색되었고, 그 다음으로 검색된 것이 감돌고기의 탁란이었다.

화면은 금강 여울이라는 시냇물 속에서 시작되었다.

꺽지라는 물고기가 돌 틈에 자기 알을 낳아 놓고 열심히 지느러미를 움직였다. 마치 부채질하는 것 같았다. 내레이션은 수컷 꺽지가 물살을 일으켜 자기 알들에게 신선한 공기를 공급하는 거라고 했다. 그 주변으로 한 무리의 물고기가 나타났다. 감돌고기 떼다. 수컷 감돌고기가 수컷 꺽지를 잡아 두는 사이, 몇몇 감돌고기는 좋은 산란터를 차지하기 위해 꺽지 알을 뜯어 먹기도 한다. 자리가 마련되면 암컷 감돌고기는 알을 낳기 시작하는데 그 양이 많다 보니 꺽지 알까지 덮어 버린다. 한바탕 알을 쏟아 낸 암컷 감돌고기가 떠나고 나면 그제야 수컷 꺽지가 돌아온다. 수컷 꺽지는 좀 전의 상황을 아는지 모르는지 열심히 지느러미를 움직인다. 그렇게 들인 공으로 감돌고기 알이 부화하게 된다. 얄궂게도 감돌고기 치어들이 떠나고 난 후 3, 4일 후에야 꺽지 알이 부화한다. 수적으로도 감돌고기보다 훨씬 열세다. 감돌고기 치어가 만 마리라면 꺽지 치어는 천 마리 정도.

아니라고 우기고 싶었지만 탁란에 비유한 네티즌의 의견이 그럴 듯해 보였다. 감돌고기의 탁란마저 내 상황과 같다고 보면 같다. 나는 꺽지, 이현아는 감돌고기다. 감돌고기는 꺽지에게 알을 맡기고, 이현아는 나에게 자기 아이디어를 맡긴다. 꺽지는 감돌고기의 알을 열심히 키우고 나는 이현아 아이디어를 열심히 그림으로 만든다. 감돌고기는 자기 알이 부화하면 새끼들을 데리고 떠나고, 이현아는 내가 완성시킨 그림을 가지고 떠난다. 감돌고기는 새끼를 데리고 다니며 산고를 이겨 낸 엄마 행세를 할 것이고, 이현아는 그림을 가지고 대학 입시에 스펙으로 사용할 것이다.

'탁란으로 보일 수도……'

등에서 땀이 쏙 빠져나왔다.

'다른 점이 분명히 있을 거야.'

다른 점을 찾고 싶었다. 유인정과 그 사람의 탁란과 내 경우는 다르다는 것을 증명하지 않으면 나는 숨을 쉴 수 없을 것 같았다. 탁란도 다 같은 탁란이 아니라고 말하고 싶었다. 모든 탁란이 그렇게 파렴치하다고 싸잡아 말하는 것은 잘못됐다고 말해 주고 싶었다. 네티즌들이 아니라 나 자신에게. 나를 설득하기 위해 또 자료를 찾아보았다. 그러나 아무리 찾아보아도 탁란에 대한 다른 자료는 없었다. 할 수 없이 뻐꾸기와 감돌고기 동영상을 다시 보았다. 두 동영상을 번갈아 보고 있는 내 모습이 참으로 비루했다. 그때 스마트폰에 진동이 울렸다.

한가희　　보고 있냐? 네가 얼마나 나쁜 짓을 했는지 봐라.

역시 한가희가 한 짓이었다.

한가희　　이현아도 지금 보고 있을까 모르겠네.

야비해, 네가 썼으면서 내가 쓴 것처럼 올리다니.　　차우림

한가희　　야비? 누가 할 소리.

오해야, 오해라고 했잖아.　　차우림

한가희　　오해라고? 아직도 자기 잘못을 몰라?

차우림

글이나 당장 내려.
글을 쓰려면 당당히 네 이름 밝히고 쓰든지.

한가희　　일단 이현아에게 연락은 해 봐야지.

한가희는 내 약을 박박 올리고 더는 문자를 보내지 않
았다. 게시판에는 벌써 이현아 이름과 우리 미술 학원 전
경 사진이 올라와 있었다. 물론 학원 이름은 스마일 이미
지로 가려져 있었지만 조금만 검색하면 다 알 만한 사진

이다. 혹시 몰라 사진 속 등산복 매장 간판에 쓰인 동문 점이란 말을 검색해 보았다. 지도는 물론 3차원 거리뷰로 미술 학원이 떡하니 보였다. 윽, 기막혀. 심장이 바닥으로 툭 내려앉는 기분이 들었다. 가까스로 정신을 수습하고 다시 미대 입시 게시판으로 돌아오니 이번엔 이현아 신상 정보가 그대로 노출되어 있었다.

M그룹 혼외자, 제일 고등학교 3학년 1반 이현아.

"어떻게, 어떻게 이런 일이……."

나도 모르는 사실을 어떻게 알아낸 것인지. 일이 점점 커졌고 스마트폰을 쥔 손이 바들바들 떨렸다. 결국 미술 학원 이름까지 올라오자 진동이 다시 울렸다.

원장님이다. 원장님은 무조건 지금 당장 학원으로 오라고 했다. 어차피 혼자서는 감당할 수 없는 일이다. 원장님에게라도 도움을 요청하고 싶었다. 오후가비에서 나와 2-1번 버스를 타고 미술 학원으로 갔다. 학원은 어수선했다. 다들 이 일 때문에 수업에 집중하지 못하는 것 같았다. 아이들의 눈에 띌까 봐 얼른 원장실로 들어갔다.

"누구니? 누가 그 글 올렸는지 넌 알지?"

원장님은 나를 보자마자 다그쳤다.

"어서 그 글부터 내려야 해. 짐작 가는 사람 있어?"

원장실에 전화벨이 연속으로 울렸다. 원장님은 전화기를 원망스럽게 바라보더니 버튼을 눌러 꺼 버리고, 다시 나를 보았다. 원장님의 눈이 빨갛게 충혈되어 있었다.

"혹시 가희일지도 몰라요."

"한가희?"

원장님이 스마트폰에 번호를 찍었다.

"박 선생님, 빨리 한가희 원장실로 보내요."

원장님는 한가희가 올 때까지 아무 말도 하지 않았다. 얼마 후 한가희가 들어왔다.

"너야? 네가 글 올렸어?"

"……."

"그런 글을 무턱대고 올리면 어떡하니? 나랑 먼저 의논을 했어야지."

"심증은 확실한데 물증이 없어서요."

"그러게 이놈아, 물증도 없이 그런 글 쓰면 오히려 네가 명예훼손으로 고소당해. 그러고 싶어?"

원장님은 당장 글을 내리라고 다그쳤다.

"볼 사람이 있어요."

"학원 문 닫게 생겼어. 학부형들한테서 전화가 빗발치게 와서 전화기도 꺼 놨어. 제발 지금 당장 삭제해."

한가희는 눈 하나 깜짝 않고 버텼다.

"5분만 이따가 내릴게요. 말해 뒀으니 곧 볼 거예요."

이현아가 지금 그 글을 보고 있겠구나 생각하니 가슴이 무너졌다. 원장님은 한가희의 고집을 꺾지 못하고 발을 굴렀다. 그리고 마치 시간을 재듯 시계를 보았다. 5분쯤 흘렀다. 원장님이 한가희의 스마트폰을 손가락을 가리켰다. 한가희가 마지못해 스마트폰을 조작하기 시작했다. 원장님은 글이 삭제된 것을 확인하자 한가희에게 교실에 가 있으라고 했다. 한가희가 나가고 원장실엔 나와 원장님만 있게 되었다.

"당분간 학원 쉬도록 해."

어차피 더는 학원에 다닐 수 없겠다고 생각했다.

"네."

그것으로 끝이었다. 원장님은 이젠 가 보라는 듯 노트북 자판을 두드렸다. 어서 원장실을 빠져나가야겠다고 생각했다. 문까지 걸어가는 동안 원장님이 무슨 말을 더 보태지 않을까 싶어 불안했는데 그런 일은 일어나지 않았다. 말할 가치도 없다는 뜻인가. 아니면 나와 이현아를 이해한다는 뜻인가. 후자이기를, 나는 걸어 나오면서 빌었다.

그러나 전자이든 후자이든 분명한 사실은 내가 지금 학원에서 쫓겨났다는 것이다. 쫓겨남이라는 단어가 주는 굴욕감은 내 다리를 부지런하게 움직이도록 만들었다. 서둘러 학원에서 빠져나오고 보니 숨 돌릴 새도 없이 이현아가 떠올랐다. 미술 학원이야 이 학원 아닌 다른 학원에 가면 그만이지만 이현아는 어떻게 해야 할 것인가. 반드시 오해를 풀어야 하는데 뾰족한 방법이 없다. 내가 안 했다는 말밖에 할 게 없는데 그것이 이현아에게 먹힐까. 막상 전화를 하려고 하니 함부로 문자하지 말라는 이현아 말이 생각났다. 특히 요즘처럼 급박하게 돌아가는 상황에서는 조심을 해야 할 것 같은데……

또다시 고민에 빠졌다. 이현아에게서 전화가 올 때를 기다릴 것인가, 내가 먼저 할 것인가. 내 앞엔 왜 늘 두 갈래 길만 놓이는 것일까? 가만히 기다리는 것은 정말 못할 노릇이다. 이번에도 내가 먼저 이현아에게 전화를 걸었다. 내 전화를 받자마자 이현아는 아주 짧게 말했다.

"전화하지 마."

그 말을 끝으로 전화는 끊기고 내 머릿속은 하얘졌다.

러프 스케치

　전화하지 마, 이 말은 시나브로 내 머릿속에 들어와 마치 진흙 덩이처럼 묵직하게 자리 잡고 앉았다. 게다가 점점 몸을 부풀리기까지 했다.

　거의 매일 '전화하지 마'를 주억거리며 잠들었고, 꿈을 꿔도 꼭 마무리는 '전화하지 마'로 끝났다. '전화하지 마'는 이현아에게 드리워진 내 마음을 거두라고 채찍질하는 것처럼 느껴졌으나 그래도 나는 이현아에게 몇 번 문자를 보내 보았다. 오해는 풀어야 할 것 같았다. 절대로 내가 인터넷에 글을 올리지 않았다는 문자에 이현아가 제발 알았다고 답해 주었으면. 그리고 마음의 여유가 있다면 우리의 거래를 탁란으로 보는 제3자들에게 반박할 수 있는 말을 해 주었으면 했다. 그러나 이현아는 답장을 보내지 않았다.

한가희도 소자영도 문자 한 번 주지 않았다. 모두와 연락이 끊겼다는 것은 그쪽에선 정리가 되었다는 뜻이기도 하다. 정말 그렇다면 그나마 마음이 놓였다. 하지만 나에게는 지독한 외로움이 남았다.

미술 학원을 안 가는 대신에 학교에서 야간 자율 학습을 했다. 어쩐 일인지 학교에선 그림 대작 사건이 그다지 크게 문제되지 않았다. 몇몇 아이가 수군댔으나 거의 나를 동정하는 내용이었다. 소문 속에 나는 '돈 많은 아이의 갑질 때문에 그림을 대신 그려 상 받게 해 준 아이'였다. 간혹 무모한 짓을 했다는 둥 미련한 아이라는 둥 비난하는 말도 있었지만 그마저도 점점 옅어졌다. 모두 입시 준비에 바빴기 때문이다.

그림을 그리지 않는 시간이 점점 길어지자 나는 슬슬 걱정이 되었다. 감각을 잃으면, 손이 굳으면, 큰일이다. 틈틈이 스케치를 하곤 했는데 그것만으로는 불안했다. 어서 다른 미술 학원이라도 다녀야 했다. 그러자니 돈 문제가 걸렸다. 이현아에게 받은 돈으로 대여섯 달 학원비는 댈 수 있지만 곧 닥칠 여름방학 특강비를 내기에는 부족했다. 게다가 2학기 때는 입시 집중반이라고 해서 학원비가 두 배로 뛴다. 틈나는 대로 아르바이트 자리를 검색해 보았지만 마땅한 곳을 찾지 못했다. 괜찮다 싶으면 너무 멀어서 교통비를 빼면 남는 게 없고, 집 근처다 싶으면 일하는 시간이 너무 적었다. 시간이 갈수록 찬밥 더운밥 가릴 처지가 아니다 싶어 집 근처 아이스크림 가게를 점찍었다. 집에서 너무 가까워 가족에게 들킬 염려가 있지만 어차피 계속 비밀에 부칠 수는 없는 일이다. 쇠뿔도 단김에 빼랬다고 당장 일어났다.

"어디 가?"

할머니가 소파에 앉은 채 물었다. 의외로 할머니 목소리가 밝게 느껴졌다. 기분도 좋아 보였다. 웬일일까, 돌아보니 거실 소파에 할아버지와 할머니, 그 사람이 앉아 있다. 한동안 저런 풍경을 연출하지 않더니 갑자기 왜 다들 모여 앉아 있는 걸까.

엄마는 방금 커피를 내렸는지 커피 잔을 들고 현관 쪽을 보고 섰다. 내가 나갈 때까지 보고 있을 자세였다. 그 사람이 거실에 있을 땐 거의 안방에서 나오지도 않던 엄마였다. 시간이 약인가, 하는 생각이 들었는데 웃기는 것은 그 사람이 나에게 손까지 흔들며 잘 갔다 오라고 하는 것이다. 그 사람과 눈이 마주친 순간 또 탁란이 생각났다. 인정하고 싶지 않지만 내가 너무나 싫어했던 짓을 나도 했다는 것, 이것이 내가 지금 처한 현실이다.

"곧 저녁 시간인데 밥 먹고 나가지?"

할머니가 말했다.

"생각 없어요."

내가 현관문을 밀자 할머니가 걱정을 늘어놓았다. 요 며칠 밥을 안 먹는 것 같다나. 언제 내 걱정했다고. 초음파 사진이나 쓰레기통에 버리고 내 걱정하든지. 현관문을 닫을 때 잠깐 들렸는데 이런 말도 했다. 우림이도 고3인데 오름이만 챙겼다고. 언니는 챙겼나? 다들 정신없었으면서. 그런데 갑자기 왜 나를 화제로 올리는 건지, 내가 그렇게 안돼 보이나? 엘리베이터 안에서 거울을 보았다. 그 순간 내 눈을 의심했다. 거울 속 아이가 나인가 싶을 정도로 바짝 마른 아이가 마주 보고 있었다.

아이스크림 가게는 큰길 건너에 있는 대형 마트 1층에 있었다. 매장 매니저는 나를 보더니 할 수 있겠냐고 먼저 물었다. 내가 너무 말라서 아이스크림도 못 풀까 걱정하는 눈치였다. 이래 봬도 6년 넘게 붓을 잡은 손이다. 나는 보기와는 다르다는 것을 보여 주려고 매니저에게 손을 내밀었다. 매니저가 얼결에 내 손을 잡았다.

"오우, 제법인데?"

아이스크림 가게에서 그림 그린 이력을 인정받게 될 줄은 몰랐다. 나도 모르게 빙긋 웃음이 배어 나왔다. 다음 주 월요일 저녁 5시부터 일을 하기로 하고 가게에서 나왔다. 걷고 있는데 스마트폰에 진동이 울렸다.

> 엄마
> 어디니?
> 엄마 장 볼 건데 같이 마트 갈까~

엄마가 웬일로 장을 보러 간다고 했다. 할머니가 살림을 맡은 것 같았는데 다시 넘겨받았나. 이유야 어떻든 엄마가 다시 활기를 찾았으면 좋은 거다. 하지만 지금 나는 혼자 걷고 싶다. 아파트 단지 내 도서관에 가 볼까. 아니면 오랜만에 오후가비에 가 볼까. 싫다고 답장을 쓰려는데 앞에서 엄마가 스마트폰 든 손을 막 흔들며 걸어오고 있었다.

"어디 갔다 와?"

내가 대답하기도 전에 엄마가 이어서 말했다.

"맛있는 거 먹으러 가자."

맛있는 거 먹자는 말을 듣자마자 달콤한 아이스 초코가 떠올랐다.

"내가 좋은 데 알고 있어."

나는 엄마를 오후가비로 데리고 갔다. 엄마는 우리 동네에 이렇게 예쁜 카페가 있었냐며 창가로 가 앉았다. 바리스타를 꿈꾸는 엄마는 하트 무늬가 놓인 카페라테를 주문하고 나는 아이스 초코를 주문했다. 주문하고 자리로 돌아오다가 보니 엄마가 아이비 잎을 만져 보고 있었다. 창문 가장자리를 장식한 아이비 넝쿨이 진짠가 가짠가 살펴보는 것 같았다.

"진짜네. 예쁘게 잘 키웠다."

진짜여서 다행이라는 듯 엄마가 웃었다. 가짜에게 크게 당해 본 사람처럼 왜 그래, 라고 말하려다 멈칫했다. 그 사람이 생각났기 때문이다. 엄마에게 남편인 듯 남편 아닌 남편 같은 차동승 씨. 이어서 내가 그린 그림도 생각났다. 이현아의 주문을 받아 그린 그림, 그것도 가짜인가. 생각이 거기에 미치자 기분이 가라앉기 시작했다. 애써 표정 관리를 하고 있는데 엄마가 말했다.

"아빠가 그러더라. 외로워서 그랬대. 어느 날부터인가

자기가 종일 집을 비워도 상관없는 존재가 되었대. 돈만 벌어다 주면 우리 가정은 아무 일 없이 잘 돌아간다는 생각도 했대."

"그래서 엄마는 뭐랬어?"

"합리화라고 했어. 너무나 지독한 자기 합리화."

엄마가 미간을 깊게 구겼다가 곧 얼굴을 펴 보였다. 그 모습이 마치 이젠 괜찮아, 하고 말하는 것 같았다. 그만큼 단단해졌다는 뜻이겠지만 나는 속으로 그 사람은 여전히 합리화에 여념 없구나, 하며 몸서리쳤다.

"엄마, 나 아빠가 번 돈 안 쓸 거야."

"갑자기 왜?"

"나 그동안 알바하면서 미술 학원 다녔어. 실은 지금도 알바 자리 구하고 돌아가는 길이었어. 그리고 엄마가 준 학원비 따로 모아 놓았어. 엄마한테 그 돈 돌려줄게. 다음부터는 나한테 학원비 주지 마."

"난 그것도 모르고 있었네."

"괜찮아. 엄마 힘든 거 알아."

내 말에 엄마가 손등을 코끝에 대고 숨을 들이마셨다. 별말도 아닌데 엄마가 울컥한 것 같았다. 엄마가 고개를 돌려 창밖을 보고 있을 때 바리스타 아주머니가 왔다. 아주머니는 테이블에 카페라테와 아이스 초코, 그리고 내가 특별히 주문한 초코 케이크를 놓고 갔다.

"나도 곧 만들 수 있겠지?"

엄마가 하트 무늬를 보더니 표정이 밝아졌다.

"우림아, 우리 가족 여행 갈까?"

"아빠도 같이?"

"그건 아니고."

"그럼?"

"우리 셋이. 아, 언니는 안 되겠다. 재수생이잖아."

"나도 고3이야, 엄마."

"아, 그렇지. 깜박했다."

엄마가 아랫입술을 깨물며 미안한 표정을 지었다. 나는 웃으며 아이스 초코를 한 모금 마셨다. 엄마도 카페라테를 조심스럽게 마셨다. 하트 한 귀퉁이가 이지러지자 엄마가 아쉬운 듯 커피 잔을 내려다보았다.

"엄마, 바리스타 자격증은 땄어?"

"아직. 핸드 드립까지 진도 나갔어."

"핸드 드립도 배워야 할 수 있는 거야?"

"그럼."

엄마가 핸드 드립을 하듯 손을 들어 동그라미를 그렸

다. 나는 동그라미를 그리는 엄마 손을 재미있게 지켜보았다. 엄마가 어서 핸드 드립을 마치고 카페라테나 카푸치노를 만들 수 있어야 할 텐데. 커피 위에 하트나 나무도 그리고. 그래야 오후가비 같은 카페에 바리스타가 되어 그 사람의 그늘에서 벗어나는데. 진도가 그렇게 늦어서야 언제 그 꿈을 이루겠나.

"엄마, 엄마 많이 밝아졌어."

"그래?"

나는 그 사람을 받아들이기로 했는지 물어보고 싶었지만 그 질문은 안 하기로 했다. 그건 전적으로 엄마 소관이기도 하지만, 그 사람과 상관없이 엄마가 자기 일을 찾았다는 것이 훨씬 희망적으로 보였기 때문이다.

아이스크림 가게에서 아르바이트를 한 지 2주쯤 지났을 때 한가희가 찾아왔다. 한가희는 아이스크림을 주문하더니 구석 자리에 앉아 먹었다. 다 먹고도 일어나지 않는 것으로 보아 나를 기다리는 눈치였다.

"어떻게 알고 왔어?"

"알려고 마음먹으면 못할 게 뭐 있어?"

한가희는 잘난 척 말하고 입을 합 다물었다. 나는 인터넷 사건에 대한 미안함을 그렇게 표현한다고 생각했다. 그러나 한가희는 내 추측과는 전혀 다른 말을 했다.

"나, 너에게 미안하지 않아."

나는 속으로 너만 아니었어도, 하고 말했다.

"그런데 왜 왔어?"

"원장님 심부름. 원장님이 이거 전해 주래."

한가희가 가방에서 편지 봉투 하나를 꺼내 나에게 내밀었다. 나중에 읽으려고 손에 쥔 채 있었더니 한가희가 편지 봉투를 내려다보았다. 편지 내용을 알고 싶은 것 같았는데 나는 끝내 편지 봉투를 열지 않았다. 아예 바지 뒷주머니에 찔러 넣어 버렸다. 한가희는 편지를 전해 주는 용무가 끝났는데도 자리에서 일어나지 않았다.

"넌 학원 잘 다니냐?"

"응. 어쩔 수 없지 않니?"

나는 그냥 물어본 건데 한가희가 예민하게 반응했다.

"차우림, 나 후회 안 해. 지금 생각해도 그건 아냐. 솔직히 너랑 경쟁했어. 늘 널 의식하고 살았어. 하지만 우린 오랜 시간 같이 그림 그린 친구야. 난 친구로서 네가 재능을 그렇게 쓰는 게 싫었어."

"친구로서?"

내가 반문하자 한가희가 과장된 표정으로 말했다.

"그래. 우리가 친구지, 뭐니?"

"맞다. 너 중3 때 나 따라 우리 학원에 들어왔지? 4년 정도 한 교실에서 공부했으니 나에 대해 모르는 게 없지. 붓 터치하는 버릇까지 아는 친구는 너밖에 없을 거야."

한가희가 민망한지 얼른 다른 말을 했다.

"알바한다고 해서 놀랐는데 집에 무슨 일 있니?"

"그건 알 것 없고."

잘라 내는 말투에 서운한지 한가희가 고개를 갸웃거리며 물었다.

"아직도 네가 잘못했다고 생각 안 해?"

한가희는 내 반성을 기대하는 것 같았다. 나는 굳이 그러고 싶지 않았다. 이현아의 알을 받아 키운 것은 사실이다. 어쩌면 그 일이 내 알을 망가뜨리는 일이 될 수도 있었다. 한가희 입장에서 보면 나는 바보짓을 했다. 하지만 바보짓이라는 의견에 절대로 동의하기 싫었다.

"이현아는 반성하나 본데. 대학 입시 사이트에 사과문 올렸어."

자존심 세울 일이 아니라는 듯 한가희가 말했다.

"사과문을 올려?"

한가희가 그걸 몰랐냐는 듯 헐, 하고 바람 빠진 소리를 냈다. 대작 공방전만 생각하면 머리가 아파서 앱을 삭제해 버렸다고 말할까 하다가 그만두었다. 한가희 앞에서 자신 없는 모습을 보일 필요가 없기 때문이다. 오히려 한가희를 공격하는 말을 생각해 냈다.

"이현아에게 네가 쓴 글이라고 말은 했니?"

내가 묻자 한가희 얼굴이 빨개졌다.

"네가 한 짓이 아니란 건 알고 있을 거야. 사과문 읽어 보면 그래."

집으로 돌아가는 길에 한가희의 문자를 받았다. 이현아의 사과문을 캡처한 이미지였다.

논란이 되었던 대작 사건의 주인공입니다.

먼저 죄송하다는 말씀을 드립니다.

정말 죄송합니다.

지금부터 드리는 말씀이 변명같이 보일 수도 있겠지만,

지금 저는 제 모든 것을 내려놓고 진심으로 뉘우치는 마음에 이 글을 쓰고 있습니다.

혹시 아시는 분이 계실지 모르겠습니다만 제가 바로 웹 소설 작가 스미레입니다. 웹 소설로 인기를 끌다 보니 저에게 또 다른 욕구가 피어나기 시작했습니다.

제 생각을 글로 표현하는 것처럼 그림으로도 표현하고 싶었던 겁니다. 그림 공부를 하겠다고 마음먹고 나니 이왕 하는 거 제대로 해 보자 싶어 입시 미술 학원에 등록하게 되었습니다. 그러니까 고2 겨울방학부터 붓을 잡겠다고 뛰어든 겁니다.

저랑 같은 교실에서 공부했던 친구들은 최소 2년 이상의 이력을 갖고 있었으며, 저랑 짝이 된 친구는 중학교 1학년 때부터 그림을 그렸다고 했습니다. 그 친구의 그림은 정말 아름다웠습니다. 듣자 하니 상도 많이 탔다고 했습니다. 저는 그 친구의 사물함에서 쌓여 있는 스케치북을 보았습니다. 손으로 재 봤더니 세 뼘쯤 되었습니다. 오랜 세월 미술 실력을 갈고닦았다는 사실을 느끼게 해 주는 순간이었습니다. 곧 입시의 전장에 서야 하는 절박한 상황에서 느닷없이 입시 미술을 하겠다고 달려든 저는 정말이지 말도 안 되는 짓을 하고 있었던 겁니다. 게다가 저는 제가 봐도 미술에 소질이 없었습니다. 그런데도 포기하고 싶지가 않았습니다. 이미 미술에 매력을 듬뿍 느꼈기 때문입니다. 언감생심 미대에 들어가고 싶다는 소망은 점점 더 커져 갔습니다. 아마도 문제는 여기에서 시작된 것 같습니다.

저는 제 짝에게 대작을 제안하였습니다. 믿으실지 모르겠지만 수많은 갈등 속에 내린 결정이었습니다. 그 친구 역시 제 제안을 쉽게 받아들인 것은 아닙니다. 제 설득에 어쩔 수 없이 결정했다는 것을 제가 잘 압니다. 남들은 가시밭길을 걷듯 힘들게 걸어가는 길을 저 혼자 쉽게 가려고 했습니다. 저의 어리석은 생각이 공들여 쌓아 올린 그 친구의 미술 실력에 누가 되었습니다. 혹시라도 그 친구에게 가게 될 비난이 있다면 모두 저에게 주십시오. 저는 지금 깊이 반성하며 다니던 학교를 자퇴하였습니다. 곧 유학을 떠날 예정인데 실은 도망가는 거나 마찬가지입니다. 도저히 부끄러워서 여기 머물러 있을 수가 없습니다.

다시 한번 깊이 사죄드립니다.

물의를 일으켜 죄송합니다.

내 걱정을 한 것으로 보아 오해는 풀린 것 같은데 기분이 묘했다. 사과문 끝에 쓰인 유학을 갈 거라는 말 때문이었다. 처음엔 이현아가 자기 세계로 잘 헤엄쳐 나가는구나, 하고 생각했다. 그런데 곱씹어 보니 이현아가 꼭 감돌고기같이 느껴졌다.

'이현아만큼은 이 상황을 탁란으로 몰아가지 않았으면 했는데……'

이현아마저 탁란을 인정하고 반성하는 것처럼 느껴지자 가슴속에서 불안의 소용돌이가 몰아쳤다.

'그 사람의 탁란과 완전히 똑같지는 않아. 난 뱁새처럼 내 알을 빼앗기지는 않았어. 내 그림 실력은 그대로야. 이현아의 그림을 그려 줬다고 해서 내 실력이 깎인 것도 아니고, 오히려 이현아에게 얻은 것도 있는걸. 돈도 돈이지만 아이디어를 도출하는 법도 배웠어.'

이현아랑 나는 서로 좋은 점을 주고받았다. 이를테면 거래였다. 이렇게 말하면 기분이 좀 나아질 줄 알았는데 별로였다.

요즘 집안 분위기가 달라졌다 싶었는데 특히 할머니가 말이 많아졌다.

"그림 그리는 게 얼마나 힘든 일이냐, 중노동이다."

언제부터 그렇게 나를 생각해 줬다고.

"그림 그리는 거 오이국 먹는 것보다 힘든 일이지."

할아버지가 말했다. 할머니가 확실히 변했다. 할아버지가 무슨 말만 했다 하면 면박을 주더니, 특히 오이국에 대한 전설을 들먹이면 흥분을 감추지 못했는데, 그러지 않는 것을 보면 뭔가 좋은 일이 있는 모양이다.

베란다에서는 그 사람이 천체 망원경을 설치하고 있었다. 한참 꼼지락거리던 그 사람 이젠 됐다는 듯 허리를 폈는데 또 엉덩이 사이에 바지가 집혔다. 마치 그게 무슨 신호라도 되는 양 할아버지가 슬금슬금 베란다 쪽으로 걸어갔다. 또 낭만이니 뭐니 말할까 싶어 얼른 방 쪽으로 발길을 돌렸다. 뒤에서 할머니가 하는 말이 들렸다.

"애비가 안방으로 가야 우림이도 자기 방을 찾지."

나는 방에 들어오자마자 언니에게 문자를 보냈다.

집에 뭔 일 있었어? 차우림

차오름 몰랐냐? 그 여자 임신 가짜래.

헐. 차우림

차오름

할머니가 그 여자를 찾아갔대.
그 여자 배가 홀쭉한 것을 보고 왔다나 봐.

그럼 그 후 아빠가 그 여자를
안 만났다는 거야?

차우림

차오름

응. 계속 만났다면 그 여자가 배에
솜 방석 두르고 있다는 걸 모를 리가 없지.

할머니는 그 여자를 왜 찾아가셨대?
임신했다니까 손자 하나 얻었다고 생각하셨나?

차우림

차오름

야, 야, 그 부분은 노코멘트.

그런데 이 모든 사실을 어떻게 알았어?

차우림

차오름

할아버지 목소리가 장난 아니잖아.

할아버지 보청기 왜 안 끼시는지. ㅋ
아직도 스타일 생각하시나? ㅜㅜ

차우림

차오름

그 여자에 대한 새로운 정보. 돌싱녀.
그동안 아빠를 붙들고 온갖 협박질을 했대.

같이 바람피우고 무슨 협박? 차우림

차오름

듣자 하니 아빠가 실수다 깨닫고 이별을
고하는 순간부터 지옥이 시작되었대.

차오름

자기를 버리면 집에 알리겠다, 이를테면
개망신을 주겠다 이거지. 그 여자가 우리 집에
온 것도 일종의 협박이야. 나 이 정도
할 수 있는 여자야, 하고 아빠를 압박하는 거지.

차오름

그러고 보니 발신자 번호 표시 제한 전화도
협박의 일종이었네.

언니가 자꾸 협박, 협박, 하니까 바뀐 집안 분위기가
이해되었다. 텔레파시를 못해서 가족들의 마음속까지 속
속들이 알 수 없지만 아마도 그 사람의 불륜을 협박에 의
한 만남이었다고 받아들인 모양이다. 그렇게 되면 적어
도 아빠에겐 자발적인 의사가 없거나 옅다고 보이니까.

있잖아, 우리 가족이랑
소풍 올 때가 제일 행복해, 이 말. 차우림

220

왜 자꾸 그 말이 생각나는 걸까. 전엔 이 말을 두 가지로 해석했다. 아빠가 그 여자랑도 행복해하고 우리 가족이랑도 행복해하는 이중적인 사람이라고. 더 나아가 아빠의 불륜을 의심하지 못하게 하는 장치라고. 그런데 지금은 슬쩍 다른 생각이 비집고 들어왔다.

> 혹시 아빠가 우리 가족이랑 같이 있을 때가 가장 행복하다는 것을 깨달았다는 뜻일까? 그 여자에게 시달리다 보니 그런 생각이 들 수도 있잖아. — 차우림

차오름
> 그렇게 생각하는 게 우리 정신 건강에 좋을 것 같긴 하다.

언니 말마따나 나 편하자고 나도 나를 합리화하려는 건지 아니면 아빠의 진정성을 찾고 싶어 애쓰는 건지, 나도 모르겠다.

차오름
> 그건 그렇고. 엄마에게 잘해 드려. 이번 사건 최고의 피해자잖아.

웬일로 언니가 엄마를 챙기는 말을 했다. 언니에게 철들었어, 하고 문자를 보냈는데 바로 스마트폰을 껐는지 안 읽음으로 표시되었다. 여전히 내 탁란 문제는 나를 불편한 상태로 몰아가고 있는데 내가 무슨 여유로 엄마에게 잘하나. 나오는 건 한숨뿐인데 엄마에게 돌려주기로 한 학원비 생각이 났다. 돈 봉투를 찾아 드니 연달아 원장님 편지도 떠올랐다.

To. 우림이에게
지금까지 충분히 힘들었겠지만 더 힘든 이야기를 해야 할 것 같다.

첫 문장이 예고한 대로 읽어 내기 힘든 내용의 편지였다. 간단히 말하면 올해 미대 입시는 힘들겠다는 것이다. 이현아와 함께 내 이름도 입시 부정으로 노출되어 있어서 입시 미술 학원에서도 나를 받아 주지 않을 거라나. 충격적인 말 뒤에는 위로의 글이 한 줄 있었다. 내년쯤에 다시 학원으로 와서 조용히 그림 공부를 하면 어떻겠냐고. 크레파스를 덧칠한 듯 무겁게 누르는 기분이 들었다. 눈앞이 깜깜했다.

"입시 부정으로 입시에서 제외되었다고?"

내 알을 걷어차는 뻐꾸기도 몰라보고 열심히 뻐꾸기
알만 키워 준 꼴인가? 꼭 그렇지는 않다고 그렇게 마인
드 컨트롤을 했건만 상황은 나를 뱁새로 몰아가고 있었
다. 내가 뱁새면 이현아는 뻐꾸기가 되었을까? 이현아랑
대화를 나누고 싶어졌다.

> 나야, 우림이……. 차우림

문자를 보내고 한 시간이 흘러도 이현아는 확인하지
않았다. 나를 차단했나, 하고 보니 자기에게 전화하지 말
라고 했던 일이 떠올랐다. 이현아에게 연락할 다른 방법
을 생각하고 있는데 반갑게도 답장이 왔다.

이현아 ?

> 요즘 어때? 차우림

이현아 나 유학 가기로 했어.

> 언제 떠나? 차우림

이현아 곧.

그래? 난 엉망이 되었는데…….ㅠㅠ 차우림

이현아 ?

한번 보자. 만나서 이야기해. 차우림

이현아 문자로 해.

서운할 정도로 이현아가 차갑게 문자를 써 올렸다. 만나기도 싫다고 하고, 문자 보내는 것조차 귀찮아한다고 생각될 만큼 말도 짧았다. 빨리 내 할 말을 하지 않으면 사라져 버릴 것 같아서 마음이 다급해졌다.

우리가 그렇게 잘못한 거니? 차우림

이현아가 문자를 확인만 하고 답을 보내지 않았다. 2분쯤 흘렀다. 자존심이 상했지만 물음표를 하나 찍어서 보냈다. 시간이 더 흘러갔다. 무언의 긍정인가. 이현아, 네가 이러면 안 되지. 네가 그렇다고 하면 나는 바보 같은 껍지가 되고 말잖아. 진짜 나를 자기 알도 못 지킨 뱁새로 만들 셈이니? 내 영혼이 충분히 세상과 멀어졌다 싶어졌을 때 진동이 울렸다.

이현아

너에게 미안하다는 말은 하고 떠나고 싶었어.
미안해.

"미안하다? 미안하다고? 뭐가 미안해? 네가 미안하다
고 해 버리면 나는 뭐가 돼?"

이현아가 목소리로도 미안하다고 할까. 문자니까 쉽게
그냥 하는 말일 거다. 이현아 전화번호를 눌렀다. 진짜
나에게 미안한지 확인하고 싶었다. 전화받기를 기다리고
있자니 슬슬 약이 올랐다. 내가 하고 싶은 말을 할 수 없
다는 사실 때문이었다. 실은 내가 입시에서 제외될 만큼
잘못한 거냐고 묻고 싶었다. 그런데 그 말을 했다가는 이
현아가 거봐, 그러면서 우리 거래를 잘못된 일로 기정사
실화할 것 같았다.

"받아, 받으라고!"

스마트폰을 던져 버리고 싶은 마음을 애써 누르고 다
시 문자 화면으로 돌아왔다.

너 혹시 대학 입시 사이트에서 객시 글 읽었니?
레오나르도 다 빈치, 로댕, 루벤스나 렘브란트
같은 화가들도 모든 작품을 손수 그리지는
않았고, 앤디 워홀도 늘 조수를 두고
작업을 했다고 했잖아.

이현아는 내 문자를 읽고 또 뜸을 들였다. 이현아의 대답을 기다리는 동안 가슴이 바짝바짝 타들어 갔다. 한참 기다린 끝에 고작 온 문자가 '그만하고 싶다'였다. 이런 이현아에게 내가 또 무슨 말을 할까 싶었지만 나는 문자를 열심히 찍었다. 넌 나를 돈 주고 조수로 고용한 거야. 난 조수야. 이렇게 작업하는 것, 미술계의 관행, 여기까지 썼을 때 이현아 문자가 다시 왔다. 이현아는 객시의 글이 자기가 쓴 글이라고 했다. 그것을 증명이라도 하듯 객시는 객관적 시각이라는 뜻이라고 설명까지 붙여 주었다. 객시가 누구든 그것은 아무래도 좋았다. 이현아의 다음 문자가 나를 더 괴롭혔다. 자기는 처음부터 잘못된 일이라는 것을 알고 시작했다는 것이다. 그래서 더 나에게 미안하다고. 내가 괜찮다는데도 이현아는 자꾸만 미안하다고 했다.

"제발 미안하다고 하지 마."

나는 아까 쓰다 만 문자를 지우고 새로운 문자를 찍기 시작했다. 우리는 거래한 것이고 그 거래는 완벽했어. 완벽한 이유는 거래 당사자인 우리가 만족했기 때문이야. 여기까지 썼을 때 이현아가 이만, 이라고 써 올렸다.

나는 또 문자를 찍었다. 그림을 그린 내가 괜찮다고, 내 그림을 너에게 주겠다고. 문자가 가고 시간이 흘러갔다. 아무리 기다려도 마지막 문자는 안 읽음으로 표시된 채였다. 혹시나 싶어 새로운 문자를 보냈다. 유학 가기 전에 한번 보자. 그 후 꺼진 스마트폰 화면을 터치하여 밝히길 세 번쯤 했다. 눈이 뻐근했다. 눈을 꾹 감았다 떴더니 눈물이 배어 나왔다. 손등으로 눈을 비벼 대고 다시 스마트폰을 들여다보았다. 스마트폰은 또 꺼져 있었다. 액정을 거울 삼아 보니 눈이 온통 빨갛다. 움푹 팬 볼까지 합하니 내 얼굴 같지가 않았다. 얼굴을 보다가 손가락이 화면에 닿았나 보다. 이현아랑 문자하던 화면이 열렸다. 기어이 이현아는 내 문자를 보지 않았다. 마치 뒤도 돌아보지 않고 떠나는 감돌고기 혹은 뻐꾸기처럼 떠나 버렸다.

🖼 작가 메시지

작년 여름 어느 날, 남한산성을 거닐고 있을 때였다. 어디선가 귀에 익은 새소리가 난다 싶어 둘러보니 잿빛 새 한 마리가 눈에 들어왔다. 저 새가 정말 뻐꾸기인가, 하는 순간 맨 먼저 떠오른 것은 〈오빠 생각〉이라는 동요였다. 그리고 우는 소리가 피리 소리 같다는 생각도 했다. 이렇게 예쁜 생각이 들게 하는 뻐꾸기에게 이상한 습성이 있다는 사실은 나중에 떠올랐다. 탁란, 이 특이한 특징이 맨 나중에 느럭느럭 떠오르다니……. 아마도 이 예쁜 새와 탁란을 연결하고 싶지 않은 내 안의 방어기제가 작동했기 때문일 것이다.

뻐꾸기는 왜 뱁새의 둥지에 알을 낳을까? 알을 낳기 위해 잠깐 둥지를 빌리는 것도 아니고 아예 어미 뱁새에게 어미 노릇까지 시킨다. 그뿐 아니다. 정작 그 둥지의 주인인 뱁새의 알을 밖으로 밀어내 버린다. 자기가 주인 행세까지 하는 거다. 누가 봐도 뻐꾸기는 파렴치해 보인다. 아무것도 모르는 어미 뱁새는 원수를 위해 노력과 봉사를 아끼지 않는다. 누가 봐도 미련해 보인다. 그런데 한편으로는 이런 생각도 든다. 파렴치함, 미련함, 이런 것은 제3자인 우리가 볼 때의 관점이고, 정작 당사자들은 모종의 계약관계일지도 모른다는. 이를테면 공생을 위한 암묵적인 거래라고나 할까. 뻐꾸기의 그 무지막지한 강탈에도 불구하고 여전히 뱁새가 숲속에 둥지를 틀고 있는 것을 보면 그렇게 바라보는 관점도 무리는 아니지 않을까. 뻐꾸기 입장에서 바라본 합리화일지도 모르겠지만.

뻐꾸기가 왜, 감돌고기가 왜, 탁란을 하는지 아직 그 이유는 밝혀진 바가 없어, 당하는 뱁새나 꺽지가 어떤 기분일지 정확히 알 수는 없다. 하지만 그와 비슷한 상황을 사람들에게 끌어다 놓으면 그건 그야말로 오이국 맛이 아닐 수 없다. 오이국은 아무리 잘 끓여도 뜨거운 물속에서 오이 풋내가 나는 것을 막을 수는 없다. 끓는 국그릇 안에 반투명으로 둥둥 떠 있는 오이 조각은 차마 숟가락으로 뜨고 싶지 않은데, 굳이 맛을 따지려 해도 우리말 중에는 마땅히 표현할 어휘도 없다. 말이 국이지 음식이랄 수가 없다. 그런데 오이국을 요리로 만들어 보려고 애쓰는 사람들이 있다.

차우림은 이현아를 만나기 전까지는 평범한 미대 입시생이었다. 차우림은 입시를 위해 공모전에 출품하고 실기 대회에 출전하는 등 차근차근 자기 스펙을 쌓아 가고 있었다. 미대 입시가 실기 100퍼센트 전형부터 학생부 성적 100퍼센트 전형에 실기와 미술 활동 보고서와 같은 서류를 같이 보는 복합 전형까지 매우 다양한데, 차우림은 그림 실력도 좋고 수상 실적도 좋아서 큰 이변이 없는 한 대학 입학에 문제없었다. 그런 차우림에게 미술 초년생 이현아가 나타난다. 이현아는 입시 미술 학원에 들어오기 전에 미대 입시 제도에서 자기가 비집고 들어갈 틈을 발견했다. 입시 미술이 어느 정도 패턴화되었다는 사실이다. 입시 전형에 최적화된 학원 시스템에 의해 교육되다 보니 입시생들이 그린 그림이 거기서 거기라는 생각이 들었던 것이다. 그러니까 자기도 학원에서 훈련을 하면 가능할 것 같았다. 대부분의 미대 진학생이 입시 미술 학원을 거쳐 가는 것처럼 다소 늦게 진로를 정한 (우리가 처한 교육 현실에서 볼 때) 이현아 역시 다른 선택의 여지는 없었다. 그러나 그곳에서 만만찮은 시간과 노력을 쌓아 온 입시생들을 보게 된다. 자기의 옅은 실력으로는 입시의 벽을 도저히 넘을 수 없다고 생각한 이현아는 공모전의 맹점을 공략한다. 결국 자기 아이디어를 차우림에게 주며 그것을 그림으로 표현해 달라고 주문하고, 차우림은 돈을 벌 욕심에 이현아의 제안을 받아들인다.

이 상황을 탁란 공식에 대입해 보면 뻐꾸기는 이현아, 뻐꾸기 알은 이현아 아이디어, 뱁새는 차우림이 된다. 이 사실을 알게 된 제3자 한가희는 이를 용납할 수 없다. 한가희는 그 둘에게 파렴치하다, 미련하다, 라는 비난을 서슴지 않는다. 한가희가 더 이해할 수 없는 것은 차우림의 태도이다. 이현아에게 당했다고 하소연해도 시원찮은 상황인데 절대 아니라고 주장을 하니까. 차우림은 한가희의 비난에 흔들리지 않는다. 이현아와 자기는 서로에게 필요한 것을 주고받는 거래를 한 셈이고, 그 거래에 전혀 불만이 없었기 때문이다.

차우림이 탁란에 가담하게 된 데는 특별한 사연이 있다. 그 사연 속으로 들어가면 또 다른 탁란을 만나게 된다. 차오름 아빠 차동승이 유인정과 함께 엄마의 둥지를 침범한 사건이다. 여기서 엄마, 할아버지, 할머니, 그리고 언니 차오름의 입장이 조금씩 다르다. 각자의 처지가 다르기 때문에 나름의 관점을 가지고 한 사건을 바라보게 된 것이다.

  그런데 이들의 다양한 관점에는 한 가지 공통점이 있다. 그것은 누구나 조금씩은, 아니 자기도 모르게 자기에게 유리한 관점을 가진다는 것이다. 그러다 보니 아빠의 탁란은 비난하면서도 자기가 벌인 탁란은 끝까지 비호하는 차우림이라는 인물이 나오게 된 것이다. 한가희도 자기 합리화에서 벗어나지 못한다. 한가희는 마치 정의의 사도처럼 끝까지 자기가 옳았다고 하는데, 의도가 좋다는 미명으로 그릇된 절차를 덮고 있지는 않은가 생각해 볼 일이다. 심지어는 이현아조차도 별반 다르지 않다. 이현아가 자기가 벌인 탁란에 대하여 구구절절 반성하는 태도를 보였지만, 실은 자기 합리화라는 달콤한 즙을 빨아 먹고 있었다는 것을 아는 이들은 알 것이다. 그리고 그걸 아는 이들은 내가 달콤함을 느낄 때 옆에서 오이국 맛을 느끼는 사람이 있을지도 모른다는 생각까지 하게 될 것이다.

오후가비에서 한영미